精彩启迪智慧丛书

会走动的石头

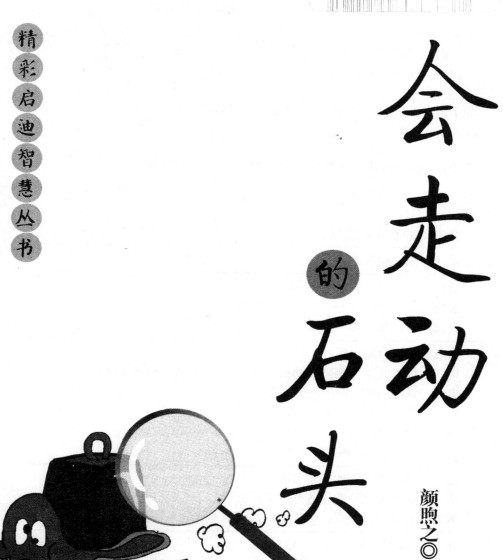

颜煦之◎主编

台海出版社

图书在版编目（CIP）数据

会走动的石头 ：侦探故事 / 颜煦之主编．　一北京：
台海出版社，2013. 7
　（精彩启迪智慧丛书）
　ISBN 978-7-5168-0180-2

Ⅰ. ①会…Ⅲ. ①颜…Ⅲ. ①故事—作品集—世界
Ⅳ. ①I14

中国版本图书馆CIP数据核字（2013）第132762号

会走动的石头：侦探故事

主　　编：颜煦之

责任编辑：姜　航
装帧设计： 视界创意　　　　版式设计：钟雪亮
责任校对：史永帅　　　　　　责任印制：蔡　旭

出版发行：台海出版社
地　　址：北京市朝阳区劲松南路1号，　　邮政编码：　100021
电　　话：010－64041652（发行，邮购）
传　　真：010－84045799（总编室）
网　　址：www.taimeng.org.cn/thcbs/default.htm
E-mail：thcbs@126.com

经　　销：全国各地新华书店
印　　刷：北京一鑫印务有限责任公司
本书如有破损、缺页、装订错误，请与本社联系调换

开　　本：710×1000　　　1/16
字　　数：178千字　　　　　　　印　　张：12
版　　次：2013年7月第1版　　　印　　次：2021年6月第3次印刷
书　　号：ISBN 978-7-5168-0180-2

定价：29.60元

目录 MU LU

前 言 QIANYAN

　　这套丛书，是供青少年朋友课外阅读的。1000多篇故事，分门别类，篇篇精彩。这些故事，或记之于史册，或见之于名著，或流传于口头。编著者沙里淘金，精益求精，从中挑选。有的以历史事件为依据，加以整理；有的以世界名著为蓝本，加以编写；有的以民间传说为素材，加以改编。每篇故事1000余字，由专业作家和写故事的高手执笔，力求语言通俗，篇幅简短，情节丰富，适合青少年朋友阅读。

　　这里有惊险故事：冒险、历险、探险、遇险、抢险、脱险……险象环生，扣人心弦。这里有战争故事：海战、陆战、空战、两栖战、电子战、攻坚战、防御战、游击战……声东击西，出奇制胜，刀光剑影，短兵相接，其残酷激烈，使人居安思危，警钟长鸣。这里有间谍故事：国际间谍、商业间谍、工业间谍、军事间谍、双重间谍……敌中有我，我中有敌，真真假假，以假乱真，间谍与反间谍的斗争，昏天黑地，扑朔迷离。这里有传奇故事：奇人、奇事、奇景、奇物、奇技、奇艺、奇趣、奇迹……奇风异俗、奇闻轶事、奇珍异宝、自然奇观，令人目不暇接，大开眼界。这里有侦探故事：奇案、悬案、冤案……在神探、法医、大律师、大法官们的侦察、分析、推理下，桩桩疑案，终于大白于天下，罪犯都被绳之以法。这里有灾难故事：天灾人祸、山崩地裂、洪水漫野、飞蝗满天、瘟疫流行、政治谋杀、宫廷政变、劫持人质……在这些自然和人为的灾难中，涌现出一批英雄豪杰，他们舍生忘死，力挽狂澜，令人起敬。这里有武侠故事：大侠、神侠、女侠、飞侠……飞檐走壁，武艺高强，他们伸张正义，赴汤蹈火，为民除害，令人扬眉吐气，心里痛快。这里有智慧故事：记录了古今中外思想家、政治家、军事家、企业家、教育家、科学家、艺术家，以及千千万万平凡人物的聪明才智。这里有动物故事：写出了人与动物间的情谊和恩恩怨怨，诉说了人类对一些动物的误解与偏见，也写出了动物的生活习性，写出了动物间的生存竞争，表达了人们爱护动物、善待大自然的美好愿望。这里有科学故事：科学试验、科学发明、科学发现、科学探险……写出了古今中外大科学家们的科研经历，写出了他们为人类文明和社会发展所做的不懈努力，颂扬了他们的丰功伟绩。

这1000多篇故事，向广大青少年朋友展示了海洋、沙漠、丛林、沼泽、冰峰、峡谷、太空、洞穴等大自然的奇异景象和神秘莫测。这些故事，写出了恐惧、孤独、饥饿、寒冷、酷热、疾病、伤残……这些人类难以忍受的苦难。这些故事，向青少年朋友介绍了战场、商场、议会大厅、密室……这些地方所上演的一幕幕悲剧、喜剧或闹剧，展示了正义与邪恶的较量、正义战胜邪恶的经历。这些故事，表现出人的智慧和勇敢，颂扬了人的意志和力量。

这1000多篇故事，为青少年朋友塑造了许多有血有肉、可歌可泣的英雄形象，他们在这些故事中所表现出的聪明才智和顽强毅力，能使广大青少年朋友开阔视野，学到知识，增长才干。他们那种不畏艰险、一往无前的精神，更能给广大青少年朋友增添拼搏的勇气和人格的力量。

会走动的石头

世界闻名的神探福尔摩斯，是作家柯南道尔笔下的人物。

柯南道尔又在构思一篇关于福尔摩斯的故事，但灵感的火花始终没有产生，他为此十分苦恼，于是就背着行李，来到了英国北部的一个小镇，打算住几天，理清楚头脑中的思绪。

小镇没有多少游人，大家过着安居乐业的生活，而且这里的风光十分秀丽，柯南道尔真希望今后能在这里养老。

这天晚上，柯南道尔正待在小镇旅馆里看书，突然门外传来一阵敲门声。柯南道尔十分奇怪：我在小镇上人地生疏，什么人也不认识，怎么会有一位女士喊我的名字，敲我的门。

柯南道尔拉开了门，看见是一个面目憔悴的女士，他问："你是……"

"侦探先生，你不认识我了吗？八年前，在伦敦华尔伯爵的鸡尾酒会上，我们见过面！"

柯南道尔绞尽脑汁，也想不起来了，但是为了不伤害这位女士的自尊心，就装出老朋友的样子，连声说："请进！请进！不过，你刚才喊我侦探，这就不对了，我只是写侦探小说的。"

"我不管，我想你能写出那么惊险的故事，肯定也有破案的高招。"

柯南道尔只好无可奈何地笑笑，他端出一杯咖啡放在了这位女士面前。

女士好像经过长途跋涉，十分口渴，一口气就将咖啡喝了个底朝天。好半天，她长长叹了口气才说："唉……五年前，我丈夫不幸去世了，我给他建了一座墓。可是奇怪的是，每年冬天，墓石都会移动一些。"

"有这样的事情？"柯南道尔听到这里，惊奇地瞪大眼睛。

女士点点头，接着说："别人告诉我，我丈夫的灵魂肯定被墓石压住了，挣不脱，所以他想推开墓石。于是，我找人将墓石搬走了。半年后，又放回了原处，但是一到冬天，它还是在移动。侦探先生，我费了很大劲，才知道你在这儿，你无论如何要帮我解开这个谜。"

柯南道尔皱皱眉头，说："那墓石只是在冬天移动吗？"

"是的，我们这个地方冬天特别冷。每年冬天，我都会到法国南部的别墅去过冬。春天，我再回来，回来后的第一件事，就是到我丈夫的墓地去看看，但是……我听别人那么说，心里真害怕。我爱我的丈夫，我不想让他的灵魂得不到安息！"

柯南道尔站了起来，走到窗前。快到冬天了，小镇的街道上吹过一阵风，将落叶刮得忽上忽下。柯南道尔突然感到一阵凉意，不知是因为女士的话语，还是外面的寒风引起的。

"你以前请过人来帮你调查吗？"柯南道尔问道。

"去年，我请了当地的一个侦探调查过，他调查了两个多月，也没有结果。大家都劝我来找你，说你准行。"

女士说完话，便用期待的目光望着柯南道尔。奇怪的事情引发了柯南道尔浓厚的兴趣。

"你明天能带我去墓地看看吗？"

"当然可以。"

第二天天蒙蒙亮，两人就坐上马车，出发了。这儿离墓地的距离并不近，马车足足走了两个钟头。墓地显得异常荒凉，绿草已经枯黄，偶尔传来几声乌鸦的哀鸣。女士拿出在路上买的鲜花，放在了墓前，悄悄地说："我带来了一个大侦探，他会想办法帮你的。"

柯南道尔仔细打量坟墓，墓地朝南而建，四周有高高的铁栅栏围住，在沉重的四方形台石上面，有一个直径80厘米的用大理石做成的球石。为了不让球石滑落，台石上挖了一个浅浅的坑，把它正好嵌在坑里面。浅坑里积有少量的水，周围长满苔藓。如果球石的移动是有人开玩笑，用杠杆来移动它，那在苔藓上总该留有一些痕迹，可又一点痕迹也没有。柯南道尔上前推推球石，球石纹丝不动。可以肯定，如果不用杠杆而是用手或身子推球石，那么单凭一两个人的力量是根本推不动的。

"你们这儿经常地震吗？"

女士摇摇头说："附近的人说最近几年里没有发生过地震，所以我想一定是我丈夫的灵魂在显灵！"

柯南道尔微笑着说："你太迷信了。"说完，他摸了一下浅坑里的积水，由于严寒将至，积水上结了薄薄的一层冰。

莫非——柯南道尔一拍手掌，叫了起来："我知道啦！你看，这里一到冬天那么冷，坑里的水就会结冰，但太阳一出来，坑里南面的冰因为受到阳光照射，又化成水；而北面由于没有阳光照射，仍然结着冰。这样，球石会渐渐地倾斜，从而非常缓慢地向南移动。"

　　女士听了柯南道尔的科学分析，心头疑虑大解，感激地握住了柯南道尔的手。

　　柯南道尔说："我也得感谢你，你为我下一篇故事提供了一个好的开头！"

"弥留"之际

清晨，福尔摩斯的女房东赫德森太太急匆匆来找华生。

"可怜的福尔摩斯已经病了三天，又不准我请医生，华生大夫，他快死了，你去看看吧！"

华生立刻带上药箱，火急火燎地来到福尔摩斯的寓所。

福尔摩斯的确病得很厉害，他双目深陷，两颊通红，嘴唇上结了层厚厚的黑皮。

看见华生，他不停地抖动着手示意着，让人尽量离他远些。

"到底怎么回事？"华生不解地问。

福尔摩斯用沙哑而急促的嗓音告诉他："我得了从苏门答腊传来的热带病，这是一种致命的病，很容易传染。"

福尔摩斯有气无力地继续说："在伦敦有一位医学博士，他是热带病的权威，叫史密斯，柯弗顿·史密斯。你去把他请来。"华生转身向门口走去。"不！"福尔摩斯喘着气，"现在你不能走，6点时，我会让你走的。"

华生觉得，由于疾病的折磨，福尔摩斯已经变得非常古怪。他不安地在屋里踱来踱去。这时，他见柜上放了只精致的象牙盒，便伸手取来。刚想打开看看里面有什么，就听福尔摩斯大声吼叫起来："放下，别动那盒子，危险！"

华生吓得赶紧松了手，他真为老朋友的粗暴感到吃惊。

6点钟到了。福尔摩斯让华生点亮油灯，把壁炉旁的信和报纸放到床边的桌子上，用夹子把小象牙盒夹起来放在这报纸堆上。一切完毕，他才准许华生去找史密斯。临行前，还再三嘱咐："记住，你必须在史密斯来这之前先赶回来！"

史密斯是苏门答腊的知名人士，现在住在伦敦。他的种植园里，发现了一种疾病，由于得不到医药救护，他就自己研究克病方案，并取得了很好的成绩。

史密斯的寓所有层层保镖把守，华生先是被挡在门外，但想到被病魔折磨的朋友，他便不顾一切冲了进去。

"你是谁？"一个人从椅子上站起来，尖叫道，"为什么闯了进来？"

"对不起，"华生说，"我的朋友，福尔摩斯……"

那人听到福尔摩斯的名字，立刻紧张起来："你从他那里来？"

"是的。"

"他过得还好吗？"

"他快要病死了。他说只有你能医治他的病，便派我来请你。"

听到这里，史密斯的脸上现出一丝不易察觉的笑容。

"他病了差不多三天了，我看到他时，他已经有点神志不清了，你可一定得救救他呀！"华生急切地恳求着这位热带病专家。

"啧，啧，这么说，真是十分严重了。华生大夫，我马上跟你去。"

华生想起福尔摩斯先前说过的话，便说："对不起，我还有事要办，得先走一步。"

"好吧！我知道福尔摩斯的地址，30分钟后便能赶到。"史密斯肯定地说。

华生急急赶回福尔摩斯的家，把事情的经过一字不落地告诉了脸色苍白的福尔摩斯。

"好极了，华生。"福尔摩斯虚弱地微微一笑。

终于，门外传来了脚步声。福尔摩斯忽地坐起来，憔悴的脸上显得异常严肃。

"他来了，快，华生，快到床后头藏起来，不论发生什么事，千万别出声。"史密斯推门走进了房间。室内鸦雀无声，只听到福尔摩斯的喘息声。"福尔摩斯！"史密斯突然喊了起来，"听见我说话了吗？福尔摩斯。"

福尔摩斯睁开眼，用几乎听不见的声音说："想不到你真的会来。"

史密斯笑了："你知道你得了什么病吗？"

福尔摩斯轻声回答："你的侄儿维克就是得此病死的，你是研究此病的，是你为了谋取他的财产害死了他。"

史密斯奸笑道："你知道得太晚了，你眼看就要翘辫子了，没时间让你公布此事，真遗憾！"

福尔摩斯痛苦得呻吟起来。他怒视着史密斯，恨恨地骂道："你也绝不会有什么好下场！"

"看你这副可怜相，连自己怎么死的都弄不清，想不想我告诉你？"史密斯阴阳怪气地问。

"是那只邮包，里面有只象牙盒，我打开它时，被里面的弹簧刺破了手指头。盒子就放在桌上。"福尔摩斯说着已气喘吁吁。

"完全正确。让我带走它，那样，再也没人知道你的死因了。"史密斯说，"我正是用同样的方法害死了维克，哈哈！"

"没那么容易！"福尔摩斯猛地从床上坐起来，一点也不像快死的人。

史密斯察觉自己上当了，立即夺路而逃。这时，藏在床后的华生一跃而起，和福尔摩斯一起制服了史密斯。

原来，前些日子福尔摩斯在调查一起案件。原本身体健康的维克忽然得了一种怪病，在痛苦中死去。福尔摩斯在调查中发现死者唯一的亲人史密斯是个医学专家，在维克死后，继承了大笔遗产，就开始怀疑他。就在这时，他收到一个包裹。谨慎的福尔摩斯带上手套小心拆开它，才免受其害。于是，他将计就计，演出了这幕戏，而将史密斯人证俱获。为把戏演得更真实，连华生也被福尔摩斯事先蒙骗了。

鹦鹉神探

警长贾德连续好些天都吃不香、睡不着，手头上那个案件使他绞尽脑汁，好像在几天内一下苍老许多。这不，局长先生一大早又把他喊去，训斥道："你怎么搞的，都快过去半个月了，到现在还没有一点线索！"

贾德刚想解释几句，局长打断了他的话，说："我再给你半个月的时间，尽快抓到小偷，否则我的压力太大！"

其实这只是一起盗窃案。虽然还算不上大案要案，但警方也颇为头痛。一来作案者相当狡猾，显然是老手惯犯，现场没留下任何蛛丝马迹；二来被盗者哈里斯先生是当地某大报社的董事，此案不破，肯定会遭到该报的猛烈攻击，而且这几天总有几位记者拿着采访簿、举着照相机到警察局问个没完没了，哈里斯也不停地打电话来催问。

贾德又垂头丧气地敲开了哈里斯的家门。哈里斯不在，女主人接待了他。贾德问道："可找到什么新线索？"

女主人说："那天我刚进门，就发现屋里乱七八糟……"她简直像台录音机，又把报案时的话重复了一遍。

贾德苦笑两声，说："太太，你再回忆回忆，有什么漏掉的地方，再打电话告诉我！" 贾德几乎灰心丧气了，他戴好帽子，准备离开。就在这时，客厅里女主人喂养的那只鹦鹉突然开口了，像是在重复什么话。

走到门口的贾德一愣，又折回身，来到鹦鹉旁边抬头凝视着它。

鹦鹉用嘴梳理了几下羽毛，又接着说："到这儿来，罗拜！到这儿来，伦尼！"

贾德忙掏出笔记本记下了这句话，然后，他问女主人："夫人，请问您家里有名叫罗拜、伦尼的人吗？"

哈里斯夫人想了想回答说："没有啊。这只鹦鹉学人说话惟妙惟肖，但过去从未说过这两句话。鬼才知道它吃错了什么药，这两天老是重复这几句话。"

贾德紧锁的眉头松开了，他对哈里斯夫人说："太太，有没有录音机能借我一用？"

很快，哈里斯夫人拿来了一台录音机和一盒空白磁带。

接好电源后，贾德示意哈里斯夫人别出声。他把鸟食放在平摊的手掌上，鹦鹉便埋头吃了起来。这时，贾德大喊了一声："罗拜、伦尼！"

鹦鹉停止了进食，歪着头瞅着贾德，突然它也跟着叫了起来："到这儿来，罗拜！到这儿来，伦尼！"喊完之后，便不安地在鸟架上跳来跳去。

录完音后，贾德脸上露出了一丝笑意，又问哈里斯夫人："鹦鹉学说这两句话，是在盗窃案发生之前还是之后？"

哈里斯夫人沉思片刻，肯定地回答："在案件发生之后！"

"太好啦！"贾德兴奋地一拍大腿。他迅速回到警察局，报告了局长。局长也兴奋地拍了拍贾德的肩膀。

通过计算机，贾德找到了几十个叫罗拜、伦尼的人。经过仔细调查，仅有两个人具有作案时间，而且档案记录了他们以前就有犯罪前科。

两名嫌疑犯很快被拘捕，并进行了审讯。

罗拜、伦尼不愧是"老手"了。

首先提审的是罗拜，他大摇大摆地晃进审讯室，还没等贾德开口，就来了个先发制人："警官，我又没犯法，凭什么抓我！"

贾德举起台灯，让光线直接照在罗拜的脸上，罗拜慌忙用手挡住光线。贾德一巴掌打落了他的手，一字一句地说："你听着，我们不会搞错。我再给你最后一个机会，你仔细想想你这个月干了什么！"

罗拜哼了一声，一点儿也不在乎地把头扭到一边。

贾德气坏啦，一拍桌子，呵斥道："罗拜，别逞威风，有人看见你们啦！"

"看见什么了，拿证据出来！"

罗拜和贾德针锋相对起来。贾德一按录音机的按钮，里面传出鹦鹉的叫声："到这儿来，罗拜！"

罗拜顿时像被枪弹打中似的，惊跳起来，随后脑袋便耷拉下来了。贾德冷笑两声："还不招吗？"罗拜吓得直抖，连声说："我说，我说……" 很快，伦尼也像罗拜那样讲出了全部作案过程。 原来，这两个家伙在行窃过程中，互相叫唤过，但做梦也没想到，竟被鹦鹉学了去。

贾德大功告成。第二天哈里斯的那家报纸头版头条刊登了一篇题为《鹦鹉神探》的文章。

窃贼猫头鹰

石油商人康尼发了横财，便在伦敦市郊区的森林里建了一座富丽堂皇的别墅。康尼虽有钱，但缺少社会地位，为了使自己能够得到社会各界的承认，他在每个周末都举行盛大的酒会，招待当地的贵族、官员。

康尼的别墅门庭若市，衣饰奢华的太太小姐们在先生的陪伴下出席酒会。康尼的酒会最吸引她们的是温泉浴室。据说，这温泉水是从山上引来的，具有美容的疗效。

天有不测风云。最近，康尼变得愁眉紧锁，已有五位女士的首饰被盗，这怎么能不让他心烦。案发时间、地点都相同，都是她们洗温泉浴的时候，都在二楼最靠里面、挨着窗子的那间浴室。令人奇怪的是，每次被盗之后，在原来放首饰的地方都找到一根牙签。

接二连三的盗窃案使康尼的客人锐减。康尼实在理不出个头绪，决定去请赫赫有名的大侦探波洛。

波洛先生挺着大肚子，随着康尼先生来到案发地点。这里实际是二楼楼道的尽头。迎面的墙上开着一扇透气窗，窗上围着白色的木栅栏。两扇窗子却开着，但人是决不可能从窗外进来的。浴室里除了一个浴缸，就放着一张小桌子，显然客人随身带的东西就放在上面。

波洛捻着胡子，眯着双眼，仔仔细细审视了一遍浴室，然后对康尼说："康尼先生，我想参观参观您别墅里的所有房间和花园，或许能找到什么线索。"

波洛跟着康尼围着别墅转了一圈后，便闻到了一股花香，循着淡淡的花香，他们来到了康尼的花园。花园里除了各种奇花异草外，很引人注目的是树上的鸟房，鸟房里饲养着孔雀、猫头鹰和一些叫不上名字的鸟类。

康尼笑着说："都是园丁老汤姆养的，他无儿无女，就靠小鸟儿给他带来快乐！" 波洛点点头。康尼又解释说老汤姆是看门人，他见波洛的眼神里充满了怀疑，便连连摆手，说："老汤姆是最忠实的仆人，而且丢首饰的时候，他一直待在花园里。"

波洛托着下巴，想了一会儿，说："那我明晚可以来参加你的温泉酒会吗？"

"当然欢迎喽！"

第二天，太阳刚退到山那边，波洛就第一个赶到了温泉酒会。他根本没心思去品尝什么美酒，只是站在远处，仔仔细细地观察一个个来参加酒会的客人。

波洛瞧瞧手表，酒会的时间到了，客人也来得差不多了，就拎着大衣朝浴室走去。

在二楼楼道尽头的浴室门前，波洛四下瞅瞅，没什么异样，便推门走了进去。

波洛随身带了一大堆小玩意，有外孙的玻璃球，也有夫人的戒指、耳环、项链、手镯，但没有一样是值钱的东西。波洛把东西都摊在桌上，气咻咻地说："我今天倒要瞧瞧你怎么偷这些东西！"

波洛边自言自语，边脱衣服，然后把浴缸放满水，独自享受起来。

暖暖的温泉水，消除了波洛的疲乏。波洛不知不觉中睡着了，也不知过了多久，才从浴室里懒洋洋地走出来。数数桌上的小玩意，竟少了一个，只是旁边多了根牙签，举着牙签朝台灯晃晃，瞧不出什么。波洛掏出放大镜，慢慢地察看。只见牙签中间有细小的凹痕。

波洛眉毛一挑，嘿嘿笑了："你真是自投罗网！"

波洛穿好衣服，梳理好头发，神采奕奕地出现在大厅。客人们一见神探，纷纷围过来，想看看他到底如何破案。

康尼迫不及待地问："抓到小偷没有？"

波洛挥挥牙签，说："你去问问老汤姆就行啦，如果他不承认，我就当场拿出证据，再逮捕他。"

"波洛先生，您别开玩笑了。老汤姆没有作案时间，也不可能有机会到浴室偷首饰。"

"那……康尼先生不相信，我就领你去找到我那枚失窃的戒指。"

众人簇拥着波洛直奔老汤姆的花园。

老汤姆根本没料到会有这么多人到这儿来，他正在喂那只猫头鹰，一见大家把他围起来，双腿便有些打颤。

　　波洛望望猫头鹰，说："我被盗了一枚戒指，那枚戒指是塑料做的，老汤姆，你快点交出来吧！"

　　老汤姆叫起来："你胡扯！"

　　波洛根本不理睬老汤姆，继续说："老汤姆雇用了一个帮手，帮手就是猫头鹰。你们看看我在浴室里找到的牙签，牙签上有牙齿印。"

　　波洛顿了顿，告诉了大家真相。老汤姆利用猫头鹰夜间活动的习性，训练它来叼小东西。为了不让猫头鹰发出声音，便让它嘴里叼着根牙签。

　　别墅里的盗窃案终于被破了。

树上的记号

布朗侦探事务所成立了，谁也没想到探长竟是15岁的少年布朗。少年布朗在家乡小有名气，平日他就爱帮助大家解决疑难问题，他相信自己的侦探事务所能得到邻居们的认同。

布朗像个大人似的坐在自家的谷仓里，谷仓里放着张桌子，桌子上有一个放大镜和一本《犯罪大全》。侦探事务所刚开张第一天，就接到了一个案子。

12岁的少年奥迪斯满脸自豪地对布朗说："朋友，你想发财吗？"布朗满腹狐疑地看看他。"我要发财了，威尔弗德·维金思说，5点钟他要在第16个高尔夫洞穴那儿召开秘密会议。他保证我们都会成为大富翁，我们都会有钱开自己的糖果店！"

威尔弗德·维金思是高中生，他懒得读书，就退学在家，几乎每天早上都躺在床上，想各种办法骗孩子的钱。布朗每回都挫败了他的诡计。这回，这个家伙又不知在耍什么花招。

"他没说干什么，"奥迪斯说，"只是答应让我们有一次好运气。"

"也许没那么走运。"布朗说。

奥迪斯迟疑了片刻，说："那——我还是雇用你这位侦探，免得上当受骗。"于是，奥迪斯领着布朗上路了。在第16个高尔夫洞穴那儿，威尔弗德·维金思站在一棵粗壮的大树下，像一位领袖似的挥挥手。

"年轻的朋友们，大家都来齐了吧，这可是一个你们一辈子都难得碰到的好机会。"

突然，威尔弗德·维金思眼角的余光扫到了布朗，暗道："这家伙怎么也来了，千万别坏了我的好事！"

他压低嗓音说："大家知道杰克吗？"

镇上的人都听说过杰克，他是一百多年前的海盗，传说他把所有的财宝都埋在十米深的地下，并在上面种了一棵小树，还在树干上刻下了他的名字。

威尔弗德·维金思握着拳头，在胸前使劲挥了挥。

"今天，我就要告诉你们一个好消息！"威尔弗德·维金思亮出一张纸片举过头顶，"你们看看，这是秘密地图，它上面标出了杰克的藏宝地点！"

围坐在威尔弗德·维金思身旁的少男少女们像炸开了锅一样，议论纷纷。

"怎么可能呢，那么多人都找过藏宝地点，但都一无所获！"

"那也说不准。"

"……"

威尔弗德·维金思拍拍巴掌，说："大家安静点，听我把话讲完。"

于是，少男少女们又将目光集中到了威尔弗德·维金思身上。

威尔弗德·维金思说："杰克的那棵树就在眼前。"说完，他拥抱了一下那棵粗壮的树。

奥迪斯忍不住问道："你有什么根据让我们相信？"

威尔弗德·维金思叉着腰，仰天大笑，然后他将脖子上的望远镜递给了奥迪斯。

"根据杰克的航海日记记载，一百多年前，他埋财宝时，这棵树只有八英尺高。现在，树长高了，站在地上看不清楚上面刻的字。"

奥迪斯用望远镜慢慢从树下向树上望。当他看到十几米高的树干时，他大叫道："我看见了杰克的名字！"

望远镜在孩子们的手中飞快传递着，并时时爆发出阵阵欢呼。大家看完后，有人嚷了起来："我们相信你，威尔弗德！"

威尔弗德·维金思却面露难色地说："有一个问题，你们考虑过没有。按法律规定，我们挖出的任何东西都得还给这块土地的主人。"

大家沉默了。

"如果出钱把这块地买下来，我们就能挖财宝了。现在你们只要出五分钱，就有一份财宝。谁出的钱多，谁分到的财宝也越多。"

孩子们都嚷了起来："我们出钱，我们要财宝！"

威尔弗德·维金思端着礼帽，挨着次序一个个地收钱。他的一个朋友拿着纸笔，记录着人名和钱数。收到了布朗跟前，他笑眯眯地说："我们尊敬的大侦探，你参不参加？"布朗一把夺过礼帽，跑到一个土丘上面，大声说："大家听我讲，别中了威尔弗德的圈套！"

大家顿时安静了。

"快把你们的钱收回来，杰克没有把财宝埋在这里。"布朗顿了顿说，"一棵树是从顶端不断向上生长的，一百多年前刻的记号只会保持在原来的高度，不会向上升高的。"

带斑点的带子

英国某个郊区的小镇发生了一件特别奇怪的案子。

昨天深夜，富翁特比吃了安眠药，就上床睡觉了。谁知到了下半夜，特比凄惨的叫声划破了夜空的宁静。

特比的儿子迅速地冲进父亲的房间，他根本顾不上点灯，就抱住了父亲。惨淡的月光下，老特比的瞳孔已经放大，呼吸逐渐衰弱，眼看着就要撒手离开人世。特比的儿子带着哭腔，使劲摇着父亲，喊道："爹！你怎么啦！"

特比微微挑开眼皮，他的儿子慌忙将耳朵凑到父亲嘴边。老特比吃力地说："一条带……带……斑点……的……带子！"

老特比艰难地吐出这几个字之后，头一歪，腿一蹬，死了。

特比的儿子听完父亲的话，丈二和尚摸不着头脑，忽然他想起了爷爷曾经对他讲过的话，这间房子里过去有位贵妇人悬梁自尽过。

难道贵妇人上吊的带子是带斑点的？莫非是鬼魂再现？想到这里，小特比毛骨悚然，决定让仆人连夜去请神探埃尔和他的助手杜邦。

天蒙蒙亮的时候，埃尔和杜邦赶到了。

埃尔同往常一样沉默寡言，他将没装烟丝的烟斗含在嘴里，陷入了沉思。

杜邦故意摆出很神秘的模样，吸吸鼻子："你这房间的阴气很重，看架势是有鬼呀！"

小特比的脸色顿时变得苍白。

杜邦接着说："别害怕，其实世界上根本没有鬼，我只不过同你开个玩笑。"

"那你能告诉我这到底是怎么回事？"

杜邦耸耸肩，表示还没对现场进行过周密的检查。

埃尔认真地打量着四周，窗户是紧紧关着的，上面积了一层灰，估计有段时间没开过了。"你听到叫喊声之后，就赶过来了吗？有没有看见其他人？"埃尔问道。

小特比摇摇头："我就住在隔壁，如果有异常响动，我肯定能听见。"

埃尔眨眨眼，从嘴中取下烟斗，擦拭着，然后他的眼光瞟向被害者床旁的一根铃绳上。那根铃绳通过天花板上的通气孔一直伸到楼上。"楼上住着什么人？""我父亲的私人医生。我父亲有心脏病，经常突然发作，发作时摇摇绳子，铃就会响，医生便来给他打一针。埃尔先生，你可以摇摇绳子，让医生下来，问问他有什么异常情况。"

"不必啦！"

整个白天，埃尔一句话也没说，只是紧锁着眉头。掌灯时分，他的眉头才稍稍有些舒展，他对小特比说："我在想一个问题，那位医生为什么今天一天都没出现？"

"他请假去办事，昨天加今天，大约两天时间。"

"我还有一个要求，今晚能否在你父亲的房间住上一宿？""请吧！"小特比答应道。小特比走后，埃尔找来一根鞭子，对助手杜邦说："如果你夜里听到剧烈的铃声和鞭子抽动的声音，赶快到我的房间里来。"

夜色越来越浓，已经接近了零点时分。杜邦丝毫不敢大意，竖着耳朵听着周围的一切响动。

突然，杜邦果然听见了一阵阵剧烈的铃声和秋风打树叶般的鞭子抽打声。杜邦暗叫不好，跳下床就朝埃尔的房间冲去。门没锁，杜邦一头扎了进去。借着月光，只见埃尔高高举着鞭子，劈头盖脸地抽打通气孔，鞭梢不停地刮到铃绳，铃声也响个不停。杜邦定神细看，通气孔边有个黑糊糊的东西正往里钻。

那个黑糊糊的东西转眼间就消失了。

"快跟我来！"埃尔大声说着，跑向门外。

他们在门口遇到了特比的儿子，他一见两位侦探急冲冲的样子，弄不懂怎么回事，也跟在了后面。

埃尔踹开医生房间的门，点亮灯，看见身穿睡袍的医生倒在地上，不停地抽搐。埃尔冷笑一声："真是恶有恶报！"

小特比伸长了脖子，赶紧问这到底是怎么回事。

埃尔说："同我推测的一样，一条带斑点的带子——就是有毒的印度蝰蛇，它顺着铃绳从通气孔里溜下来，可惜的是它遇到了我这个对手，只好掉头朝回跑。特比的医生没料到蛇反而咬死了他，至于他为什么要杀特比，这大概永远是个谜了！"

埃尔说完后，又举起皮鞭，向那条咝咝吐舌的"带子"狠狠抽去……

烟蒂上的学问

　　1991年4月，江苏苏州郊区的退休老工人于青石，深夜被人扼死。于师傅退休有十年了，早年丧偶，几个子女都在外地工作，虽然很少回来探望，每月寄钱却是不忘记的，加上他自己的退休金，日子过得着实不错。他除喝茶吃酒，别无其他嗜好；所交朋友全是他早年同事的建筑工人和茶友酒友。

　　第二天一早，公安局刑侦队俞队长带了人来他家侦查。于师傅家住居民新村的底层，一套房子就他一个人住。屋里家具简陋，陈设朴素。尸体倒在客厅的磨石子地上。

　　法医游子君检查了一下尸体后，就确定他是被人扼死的。屋里脚印就两个人的，没有明显的指纹留下，但留下两个烟蒂。于师傅的手心中抓着几根头发，可能是他在反抗中抓住了凶手的头发。屋里的现钱和存折都不见了。

　　俞队长马上通知各银行储蓄所，要他们留意罪犯前来冒领。

　　再说这两只烟蒂，游子君拿来研究了一番，发现它们是属于低级劣质烟。吸烟的人烟瘾大，已将烟吸得快到海绵蒂了；由于长时间含在嘴里不放，海绵蒂上浸泡了很多口水。

　　经过游子君的检验，唾液中的血型物质呈B型，唾液中的上皮细胞含有X、Y两个染色体，是男性。再化验了头发，发现是B型血的人所有，而于师傅的血型是A型。从游子君提供的血型报告，可以描绘出这么一个人：男性，血型B型，平日烟瘾很大，中年以上，与于师傅相熟(要不不会在他家一坐很长时间，甚至吸了两根烟)。

　　三天后，俞队长已将于师傅的亲戚朋友排了队，烟瘾很大的有十二个人，验了血后，属于B型血的是三个：

一个退休的小学老师，姓宋，与于师傅是退休后的朋友。两个人老在茶馆里下象棋，他平日不哼不哈，很有点深藏不露；为人吝啬，视钱如命。一般的茶客都与他关系不好，惟有于师傅与他谈得来。有时两人一坐半天，不说什么话。因为他对钱的看重，很多人认为他有可能是见钱起意杀的人。

第二个是个无业人员，姓魏。他辞了职去做生意，因为又懒惰又消息欠灵，将一点老本蚀了个精光。现在索性每天泡茶馆酒店，靠老婆的一点工资养着，因而手头很拮据。人们怀疑他，就是因了这一点。再说他平日里为人不老实，曾经拿了一张百元钞票去买香烟，等找头拿到手，又说烟不要了，将一张50元的抽下，将其他找头和烟还给烟摊，而拿回了那张百元钞。这事开始烟摊摊主还不曾发觉，后来发现短了钱，到处找他，终于在茶馆里找到了他，大闹了一场。因为不是当场捉住的，他矢口否认了。但是这件事闹得尽人皆知。人们认为，既然他这么点小钱也要眼红，于师傅的钱要比50元多得多，他肯定会起歹意。

第三个是个木匠，姓朱，五十七八年纪，已不工作。他为人木讷，看上去像有老年痴呆症。他与于师傅是同行，当年是同一个建筑队的。于师傅有时兴起，总要回忆当年的事，可惜听众不多。这位木匠是个好听众，又是于师傅的同行，所以于师傅对他特别有好感。

俞队长问过这三个人。

宋老师说："我不会去杀人。我是个读书知礼的人，懂得国家法律。大家怀疑我是因为我爱惜钱，爱惜钱没有错。我的钱少，就这么几个，怎么可以不爱惜？再说我爱惜的是自己的钱，这又有什么不对？"

魏师傅说："哈，说我杀人？我是没有机会，有机会的话，说不定倒要杀个把试试。这个于老头有钱不肯请我喝酒，原来就该杀，只可惜我没有杀他，钱也没有拿到手。要不，先去喝个醉倒也痛快。"

朱师傅说："老于的事，我不知道……那天我睡得早，一点也不知道……"

俞队长没奈何，又去请教游子君。游子君想了一阵，说："依我之见，这三人中如果一定有凶手，那么多半是姓朱的那个。"

俞队长很惊奇，说："是吗？你有什么根据？"

"他是木匠出身。木匠且烟瘾大的人总有边抽烟边干活的习惯，他们的双手没空着，不能去夹烟，就长时间地含在嘴里，久而久之，成了习惯。是的，我以为很有可能是他，虽然我只是凭想象。"

俞队长见他言之有理，就组织人力着重查姓朱的那人。

果然，后来发觉，出事的那天晚上他无法证明自己的行踪；而且，第二天一早，他将一小包东西存放在他的老姐姐那里。找到小包一打开，里面赫然是于师傅所失的钱物。

巨额邮票被窃案

"黑色一便士"邮票，是1840年发行的世界上最早的邮票，留在世上的数目屈指可数，其价值就可想而知了。

集邮商弗里德里茨就有两张"黑便士"邮票，其中一张上面有维多利亚女王亲笔签名，就更珍贵了，但就是这张被盗了。

大侦探奎恩闻讯立刻赶来。弗里德里茨向奎恩叙述了邮票被窃的经过：

那天他请了三名集邮爱好者来洽谈业务，他们的名字是欣契门、彼德斯和本宁森。这三人都是美国大名鼎鼎的集邮家，前两人是互相熟悉的，但本宁森大家都不认识。谈了一会儿邮票交易，前两人都走了，只有本宁森还留在屋内，他突然用一根木棍打昏了弗里德里茨，撬开矮柜，窃走了邮票。

弗里德里茨愁眉苦脸地说："唉，那时候，我哥哥阿尔伯特正好有事外出，否则，本宁森决不会得手。"

奎恩点点头，开始仔细地查看那只装邮票的柜子。他觉得这盗贼作案很笨拙，本来可以不必费那么大的力气去撬开柜子，只要一拳，就能击碎矮柜的玻璃，拿到邮票。奎恩在心里悄悄记下了这疑点，然后问道："听说你还有另外一张'黑便士'，能让我看看吗？" 弗里德里茨挥挥手，让他哥哥进屋去拿邮票。阿尔伯特打开书房里的保险柜，取出另一枚邮票，郑重地交给了奎恩。

邮票不起眼。奎恩将它放在手心，朝它吹了口气，看样子，这张邮票比普通的重一些。

问完关于邮票的事情之后，奎恩就找弗里德里茨索要欣契门、彼德斯、本宁森三人的地址。

弗里德里茨奇怪地问："又不是欣契门和彼德斯抢走了邮票，你要他们的地址干什么？"

奎恩笑笑，说："或许能从他们那儿了解一些情况。"

按照弗里德里茨提供的地址，奎恩首先找到了本宁森，并向他询问一些事情。

"弗里德里茨？我根本不认识他，也没去过他家，更别讲收到什么邀请信了，我怎么能去抢他的邮票呢？"本宁森说。

"会不会是你的秘书接到请柬后，私自冒名顶替去参加约会？"

本宁森沉默了片刻，说："那家伙手脚不干净，被我辞掉了。"

调查完本宁森，奎恩已经胸有成竹了，他觉得已经到了揭开谜底的时候，就把弗里德里茨、阿尔伯特、欣契门、彼德斯、本宁森邀请到他自己家。

"诸位先生，你们都见过本宁森，大伙来认一认，和上次的是不是同一个人！"奎恩指了指本宁森说。大家都摇了摇头。

"那可以确定，有人冒充了本宁森，这个人是谁呢？我们等会儿再讲！"奎恩故意卖了个关子。

奎恩吩咐用人拖过来一个矮柜，和弗里德里茨装邮票的那个柜子相差无几。

奎恩忽然掏出手枪，狠狠地朝矮柜上的玻璃砸下去。快碰到矮柜的时候，他的手突然在半空中停住了。众人不知道奎恩在玩什么把戏，都疑惑地望着他。

"我要是强盗，就会这样把玻璃砸碎，那样可以节省作案时间，但这个强盗却很笨，不敲碎玻璃而是要撬开柜门，而且一连撬了四次。你们想过这是为什么吗？"众人面面相觑。

"凭这一点儿，可断定舍快求慢的做法是为了保护柜子里的其他珍贵邮票不受损坏，谁最怕邮票受损呢？当然是邮票的主人——弗里德里茨。"

弗里德里茨红着脸，一言不发。

奎恩突然又将目光转向了阿尔伯特，说："阿尔伯特先生，你别躲躲闪闪的，站出来让本宁森认认。"

本宁森一眼就认出了阿尔伯特，说："他就是被我辞掉的秘书，他还偷走了我不少邮票！"

奎恩拍拍弗里德里茨的肩膀，说："我让你带来的另一张'黑便士'带来了没有？"

弗里德里茨无可奈何地将邮票交给了奎恩。

奎恩说："我看到这张邮票，就有些奇怪，按常规推论，它不可能那么重。只要仔细检查一下这枚邮票，就会发现，丢失的第一枚邮票，被无腐胶泥精确地贴在第二张上。"

奎恩顿了顿说："由此可见，这个案子是弗里德里茨兄弟俩玩的鬼把戏，目的是骗取保险公司的高额赔偿金。"

众人恍然大悟，明白了一切。

汽车验证谎言

　　6点钟，维克一家热热闹闹地围聚在餐桌旁。他们边品尝着丰盛可口的饭菜，边饶有兴致地各自谈论着白天的所见所闻。

　　突然，电话铃声大作。

　　维克赶紧接起电话。两分钟后，他放下了话筒，径直去里屋，取出自己的手枪。维克太太和他们的儿子米奇看着他，不知道又发生什么事了。

　　"对不起，亲爱的，瓦恩街的点心店被抢了，警长通知我立刻赶到现场。"维克有些抱歉地说。

　　维克太太无可奈何地笑道："谁让你是个警察呢？这么香的比萨饼也无福消受喽！"

　　维克摇摇手说："那可不一定，说不定我会很快赶回来继续享用晚餐，有人看到艾波特正好从店里跑出来。"

　　"艾波特不是已经坐牢了吗？"维克太太问。

　　"可是，上个星期他已刑满释放了。目击人只是看到他一眼，也有可能弄错，我得问一问他本人去。"

　　"爸爸，也带我去吧！"米奇的目光里现出恳求的神色。维克太太在一旁附和："这也好，米奇，你负责在他办完事后，准时押他回家。"

　　维克没办法，只得让步，说："去就去吧。你得老实待在车里，不许像上回那样到处乱钻，给我添乱子。"

　　听了这话，米奇心花怒放。他连连答应着，然后一溜烟跑到维克的车里坐定。

　　米奇一直对破案子、抓坏人挺感兴趣。他平常听爸爸说了很多又刺激、又过瘾的破案经过，总想亲自去体验体验。两个月前，他曾偷偷藏在爸爸的车里，随车一起来到案发现场，趁爸爸不注意时，他悄悄溜了出来，按自己的推理，在现场周围搜取线索，差点把现场破坏了。爸爸为此狠狠地批评了他一顿。这次，他决心跟在警察爸爸身后好好学点真本事。

警车在高速公路上飞驰。天渐渐黑了下来。米奇见爸爸脸色严峻地转动方向盘，心里既紧张又兴奋。警车在城西角的公路旁停了下来。维克对米奇说："艾波特家到了。你安静地坐在这里，哪儿也不要去！"米奇点点头。

透过车窗，米奇看着爸爸向左前方停着一辆黄色轿车的院子走去。一个高个子男人靠在篱笆旁，怀里抱着一个一岁半左右的小男孩。

也许是天气闷热的缘故，男人和孩子都只穿了件裤衩，裸着上身，赤着脚，模样很是滑稽。

维克从怀中掏出枪，大声命令光膀子的男人："艾波特，举起手来，把孩子放下！"

艾波特慌忙间把孩子放在旁边那辆黄色轿车的挡泥板上，然后双手举过头顶，颤声问道："警察先生，这是为什么？"

米奇在车内见艾波特这副熊样，差点笑出声来。

"瓦恩街的点心店被抢了，就在一小时前。当时，有人看见你慌慌张张地从那家点心店跑出来。"

维克的喝问声很大，可是真奇怪，刚才还抖抖瑟瑟的艾波特，这回一点也不害怕了。

听了维克的话，艾波特哈哈大笑，说："这不可能！一小时前，我根本不在瓦恩街，我一整天都……"

艾波特刚说到这里，维克突然大叫一声："危险！"一个箭步冲到了汽车上的孩子跟前。

原来，那孩子不知什么时候从挡泥板上爬到汽车的引擎罩上去玩，一不小心没站稳，滚到引擎罩边缘，眼看就要掉下来了。维克及时冲过去，抱住了小男孩。

车里的米奇为爸爸的眼明手快大声喝彩。他终于抑制不住自己的心情，下了车，向爸爸跑过去。想起爸爸将会训斥他不守信用，说话不算话，米奇默默地站在爸爸身后，一句话也不说，尽量不去打扰他。

艾波特从维克手中接过孩子，感激得连声称谢。

维克接着问："艾波特，你要老实交待，一小时前你在哪里？"

"我今天一早就开车到远离本市几公里的海滨去了。要说一小时前，我还在拼命赶路呢。您这会儿来，我才到家五分钟，连车还没来得及倒进车库呢！"说着，他指了指旁边那辆黄色轿车。

维克看了看手表："照你这么说，你12小时开车跑了将近1 000公里路程。不过，5点钟前后，你遇到过谁没有？"

"我4点钟左右加过油，还买了汉堡包，然后我就直接回家了。点心店的抢劫和我一点关系都没有。""你说的是实话吗？""句句属实，坏事我早就不干了。"维克看不出疑点，刚想告辞。身后的米奇轻轻扯了扯他的衣服，米奇示意爸爸把耳朵贴近他的嘴，然后轻轻耳语了一阵。

这时，维克从腰间取出一副锃亮的手铐，啪地死死铐住了嫌疑犯艾波特。

原来，米奇轻声向父亲指出，如果艾波特不停地开了这辆黄色轿车12小时，那汽车引擎会非常烫的。而刚才那小孩还光着脚丫在上面爬来爬去，说明那车的引擎罩是冷的。这就充分证明艾波特是在撒谎。"真为你骄傲，儿子！"维克由衷地说。

被偷走的七英镑

期末考试终于结束，明天就能坐火车进城去看姥姥了，一想到这，躺在床上的埃米尔怎么也睡不着。

第二天早餐过后，妈妈从抽屉里拿出一些钱，对埃米尔道："这里有七英镑，一张五镑的，两张一镑的。你带六镑给姥姥，剩下的一镑你自己留着回来时买车票。"说完了，她将钱卷好，放进儿子外衣里面的兜里。埃米尔临出门时，妈妈又叮嘱："车上跟谁也别说你带了这么多钱。"她有点担心儿子，毕竟他才8岁，这是他第一次单独出远门。埃米尔向妈妈保证，他一定会十分小心的。

上了火车，埃米尔找了一处人少的位置坐下。他的前座有两位女士，后面坐着个大鼻子男人，邻座那个戴礼帽的先生正专心地看报。埃米尔放心了：他们中没有一个像小偷。

过了半个钟头，邻座的戴礼帽的先生放下报纸，和蔼地同埃米尔攀谈起来，随后友好地掏出几块糖递到孩子面前。埃米尔很有礼貌地拿了一块，说道："多谢先生！"戴礼帽的那人说："谢什么？叫我格林好了。"

火车隆隆地前进。埃米尔感觉有些疲乏，他便起身来到盥洗室用凉水洗了个脸，顿时舒服多了。看看周围没人，埃米尔把钱从衣兜里掏出来，数了数，钱都在。为了万无一失，他用针把钱死死地别在了外衣的里层，然后回到车厢。

格林先生靠在椅子上睡着了，并且发出轻微的鼾声。埃米尔在自己的座位上坐下。一会工夫，他也开始瞌睡起来。埃米尔心中不断告诫自己：千万别睡着。可是，他的两只眼皮怎么也不听使唤，拼命往一起凑……不知不觉中，埃米尔睡着了。

埃米尔惊醒时，发现自己躺在车厢地板上。他坐起来，揉了揉眼睛，一看，格林先生不在了。他把手伸进衣兜里，顿时傻了眼：钱不见啦！慌慌张张地，他又摸了摸，却被那根用来别钱的针刺痛了手指，鲜血流了出来。

埃米尔哭了，他并不是怕疼的孩子，而是因为钱丢了。他知道，为了给姥姥，也为了让他进一趟城，妈妈辛辛苦苦地干了几个月，才积攒了这七镑钱呀。一定是格林干的！埃米尔心想：他一吃完格林给的糖果就想睡觉。埃米尔决定到别的车厢先找到那坏蛋再说。这时，终点站到了。埃米尔只好随着人流出了车门。

突然，埃米尔留意到前方人群中的一顶黑礼帽，刚想追过去，却记起自己的箱子忘在车上了，等他提着箱子赶来，"黑礼帽"不见了。埃米尔沮丧地提着行李向汽车站台走去。路过一家饭馆时，他停住了脚步，原来埃米尔看见那个戴黑礼帽的格林正坐在一张靠窗户的位子上，得意地喝着啤酒。

这幅景象让埃米尔感到恶心。这个不劳而获的家伙竟然大摇大摆地挥霍着属于别人的钱财。他真想冲进去，对那坏蛋叫道："把我的钱还给我。"但转念一想：谁会相信自己的话呢？万一被格林发现了，这坏蛋就会立即逃之夭夭。于是，埃米尔躲在离饭馆不远的一个墙角，眼睛一眨不眨地监视着。

忽然，一只喇叭在身边响起来，埃米尔吓了一跳。吹喇叭的是个叫保罗的当地男孩，他好奇地问："哎！朋友，你干吗蹲在这里发呆？"埃米尔难过地将自己的遭遇告诉了保罗。

保罗听了很气愤，他答应帮埃米尔把钱如数要回来。十分钟后，保罗用喇叭召集了二十来个男孩子赶到埃米尔身边。埃米尔指了指窗户旁的格林，对伙伴们说："就是他偷走了我的钱。"

保罗领着埃米尔和一群伙伴闯进饭馆。这时，格林刚想从座位旁离开，转身却发现埃米尔出现在面前。"格林，把我的钱还给我。"埃米尔怒不可遏地嚷道。

"你别血口喷人，小孩，谁拿你的钱啦！"格林装出一副很冤枉的神态。

"你必须把钱还给埃米尔，否则就别想离开这里。"保罗厉声喝道。

格林哪里会把这群小孩放在眼里，他冲收款员招呼了一声"付账"，若无其事地从口袋里掏出钞票。埃米尔一看，那钱就是自己丢的：一张五镑的，两张一镑的。

收款员将账单递给格林道："一共是六镑。先生。"格林顺手把那七镑全给了收款员，故作气派："别找零头了。"眼看格林这样对待自己的钱，埃米尔的肺都快气炸了。突然，他不知哪来的勇气，大声向饭馆里的所有人宣告："这个人是小偷，他一小时前在火车上偷了我的钱。"人群中一个便衣警察闻讯过来，他问埃米尔："孩子，你说他的钱是偷你的，有什么根据吗？"埃米尔困惑地摇摇头。"那钱上写有你的名字？"格林气焰嚣张地嘲笑着。便衣警察问埃米尔："你能记得钱币上的号码吗？"埃米尔还是摇摇头。"我事先没想到钱会被偷，所以没写名字，也没记号码。"埃米尔诚实地回答。格林得意地笑了。突然，埃米尔高兴地叫起来："在火车上，我用针把钱别在衣兜里，所以，那三张票子上都有针眼。"说着，指了指收款员手里的钞票。

便衣警察从收款员手中接过钞票，对着光照了照，说："这孩子说得对，这钱上确实都有针眼。"

格林突然转身要逃，保罗和孩子们顿时有的抱腿，有的扯衣服，使格林寸步难行。埃米尔真高兴：钱找回来了，还认识了这么多朋友。

自投罗网

　　大幕徐徐地拉开了，一束五彩柔光从天幕上直射下来，照耀着身披彩虹斗篷的皮尔。皮尔向观众点头示意，然后优雅地抬起拿着魔棍的手转向舞台一侧的小叭儿狗们。小狗们蹦蹦跳跳，像绒球似的滚向台中央。它们在皮尔魔棍的指挥下，跳圈、翻跟头、做算术、叼花，把观众逗得前仰后合。

　　皮尔现在是伦敦马戏团最走红的大明星，因为他，马戏团的演出场场爆满，老板讲起皮尔时也常是眉飞色舞；这不仅是他驯狗的高超技艺，还因为他有着年轻英俊的仪表、像白马王子一样优雅的风度。

　　散场后，皮尔兴冲冲地往家走。不料在黑暗中，一个黑影悄悄地尾随着他。走到一个仓库的门前时，黑影蹿了上来，从后面一把卡住了皮尔的脖子。没等皮尔反应过来，他的胸口已经被猛刺了一刀。凶手四下望了望，见没有什么动静，便把尸体拖进了仓库，塞在一大堆轮胎后面。

　　在离仓库不远的一个电话亭里，一个尖细嗓音的男人给洗衣店老板打电话："丹顿吗？请你马上到环球轮胎公司的仓库里来，那里有人请你洗衣服。"

　　"好的。"洗衣店老板丹顿放下电话，有些疑惑：深更半夜的，谁还洗衣服？但他转念一想，自己的店要有信誉，答应的事就要去办，于是打着手电筒向环球轮胎公司走去。

　　丹顿推开仓库的门，走进一堆堆轮胎中间找人，正要大声询问谁要洗衣服时，突然一阵急促的脚步声由远及近，随后大批警察出现在面前。

　　"不许动，举起手来！"警察毫不客气地吆喝着。

　　丹顿一时不知所措。

　　原来，刚才一位自称鲍尔的男子向警察局报案，说他走过环球轮胎公司仓库时，听到一声惨叫。他停住脚步从仓库的窗口往里看，只见一个人正将另一个人拖向一大堆白边轮胎的后面。他请警察局赶快派人来捉拿凶手。

值班警长问："你进仓库了吗？"

"没有，我只是路过，现在有了这人命关天的案子，我哪里还敢进去哟！"

"好，请你保护好现场，我们马上就到。"

警长放下电话，立即来到环球轮胎公司仓库，在这里他们见到了目瞪口呆的洗衣店老板丹顿、报案的鲍尔和躺在轮胎堆后面满身血污的皮尔。

"带丹顿过来！"警长对警察说。

"丹顿，你深更半夜到仓库来干什么？"

"我接到一个电话，说仓库有人请我洗衣服，我就来了。"丹顿回答说。

"你遇见什么人没有？"

"没有，我还没有找到人，警察先生就到了。后面的事你们就全知道了。"

警长又命人带来鲍尔，指着洗衣店老板问道："你见过他吗？"

"我觉得他就是拖着死人往后走的那个人。"

"你认识死者吗？"

"认识，他是马戏团的驯狗师，我以前也干过这差事。"

"后来呢？"

"后来被解雇了！"

警长倒背着手，在屋里来回走着，突然他严厉地问鲍尔："你说你没有进过仓库？""是啊！我没进去过。""你怎么知道轮胎的边是白的？""我是从窗子里看到的。"鲍尔得意地瞥了警长一眼，满不在乎地说。

"你没进仓库，怎么知道死者就是马戏团的驯狗师？"

鲍尔张口结舌。

警长立即斩钉截铁地命令："来人，立即把鲍尔抓起来！他就是杀人凶手。"

鲍尔大叫起来："你们不能不讲理呀，凭什么肯定凶手是我？有证据吗？"

"哈哈，你还要证据？好好想想你的供词吧！"

面对警长一个接一个的质问，鲍尔想尽办法狡赖，但都不能自圆其说，心理防线全部崩溃，只好交待了杀人罪行。

鲍尔曾是马戏团的驯狗师，他技艺平平，又不刻苦学习，总得不到老板的赏识，被解雇了。皮尔的走红，更使他受到冷落。他满腔妒火，于是便决定对皮尔实行罪恶谋杀。

多日来，他辗转于马戏团与皮尔家的路上，察看地形，摸准皮尔上下班规律，绞尽脑汁，挖空心思勾画出作案方案。他杀了皮尔后，引洗衣店老板到案发现场当替罪羊，而自己去报案。但他说从窗户看见有人把尸体拖到白边轮胎后是显而易见的假话。轮胎一般都是一个个摞放的，面朝上，所以从窗口只能看到轮胎的侧面，而看不到轮胎正面的白边；再说，在没有灯光的仓库里，伸手不见五指，又怎能看清楚死者是谁？由此，警长断定鲍尔在说谎，他一定来过作案现场，才看见轮胎正面是白边的，并且一定认识死者，才能一口报出死者的姓名。

鲍尔一脸晦气，低下了头，没想到自己精心策划的这一切，竟轻而易举地被警长一眼识破。

房间里的温度

凌晨3点多钟，一阵急促的电话铃声唤醒了睡梦中的侦探康纳德，康纳德揉揉两眼，抓起了电话。

电话中传出了啜泣声和含混不清的话语。

"太太，请你说清楚些，到底发生了什么事！"

"我……我是艾丽丝·伯顿，我……我的丈夫被人杀害了。"

"你家在什么地方？"侦探康纳德一边穿衣服，一边拿出笔来记录。

康纳德急急忙忙穿好衣服，出门了。大街上寒风呼啸，像刀子一样刮在脸上，康纳德赶紧用围巾把脖子裹紧，不让寒风吹进去。深夜的街头，静悄悄的，连一辆出租车也没有。康纳德东望望，西瞅瞅，只好叹了口气，步行前往了。过了半个钟头，康纳德敲响了伯顿夫人家的大门。

"谁？"

康纳德听出伯顿夫人的腔调里的恐惧，便大声说："伯顿夫人，别害怕，我是侦探康纳德。"

门一下开了。伯顿夫人泪流满面地站在门口，手里握着一把菜刀，目光中有一种对康纳德来晚的责备。

"真对不起，夜深人静的，实在拦不到一辆出租车！"康纳德环视了一下房间。大厅里真暖和，根本不像街上那么冷，康纳德脱下了围巾、手套和帽子，并脱下了大衣。

房间里的东西没有一丝零乱的迹象。头发乱糟糟、脸上毫无血色的伯顿夫人一把抓住康纳德，说："侦探先生，我害怕极了，你快去看看，我丈夫的尸体在楼上。"

康纳德三步并作两步，上了楼，进了卧室。卧室里漆黑一片，看不清。尾随而至的伯顿夫人伸手按亮了壁灯。

伯顿先生躺在床边的地上，脖子被人划了一刀，鲜血正汩汩地往外冒。伯顿夫人紧捂着嘴，似乎害怕她的哭声会打扰康纳德的思路。

康纳德扫了一眼尸体，问道："伯顿夫人，你能说说当时的情况吗？"

"晚上，我们家来了客人，我丈夫和客人一直很愉快地谈到深夜11点，客人才走。大约11点30分，我的丈夫才上床睡觉。大约在凌晨3点钟，街头教堂的钟声惊醒了我，我忽然发现平日一睡着就打呼噜的丈夫好像没了声音，就用手推了一把，没料到，我这一推，他竟滚到了床底下。我喊了几声他的名字，但没人答应，就打开台灯看看，我的丈夫就这样倒在了血泊之中……侦探先生，您一定要抓到凶手，他是被人害死的！"伯顿夫人说到这里，又开始号啕大哭。

康纳德平静地打量了伯顿夫人几眼，按她这样说，伯顿先生是被人在床上杀死的，那伯顿夫人没有理由连一点儿的响动都没听到，再说她和伯顿先生同睡一张床，为何连一丝血迹都没沾上呢？看样子这其中有问题。

"那你后来干了些什么？"

"我被吓呆了，好一会儿，才想起下楼去打电话。打完电话，我注意到楼下的窗子是敞开着的，这么冷的天有谁会敞开窗子呢？我猜想，凶手一定是从这窗户进来，然后又从窗户出去了，而且窗子还碎了一块玻璃！"

于是，康纳德又来到了楼下，用手电照了照窗台。这个城市刚刚下过雪，如果有人从窗户爬进来，那必然会留下带水渍的脚印，但窗台上干干净净。

这时，又起风了。康纳德只觉得寒风朝身上呼呼地钻，他连忙缩了缩脖子，顺手把窗户关上了。

"康纳德先生，您发现什么线索了吗？"伯顿夫人用征询的语气问道。

"线索很多！"康纳德点点头，"我得先给警察局挂个电话，让他们多派几个警察来。他们会让你到警察局说个明白的。"

伯顿夫人显出很不高兴的态度："您这话是什么意思？"

康纳德笑了，说："别着急，我给你看一样东西，你就知道了！"

康纳德从口袋里掏出一副手铐，不由分说地铐住了伯顿夫人。"我想你是谋杀伯顿的凶手，或许你还有同伙！"康纳德干脆挑明了事情的真相。

伯顿夫人的脸色变得苍白。

康纳德朝沙发上一靠，说："其实，你留下很多疑点，第一，你身上没沾到一丝鲜血，就很奇怪；第二，窗台上没有罪犯的脚印；第三点更证实了我的推断是正确的，凶手要是从窗户进出的话，那窗子至少开了半个钟头，那么，室外的寒风就会吹进来，屋里不可能那么暖和。照此可下个结论，你杀了丈夫，过了一段时间才打开窗子，伪造现场！"

分不清雌雄

侦探梅洛雷喜欢每天早饭后外出散散步，一来人的精神会好些，二来新鲜的空气有助于思考。

这天，梅洛雷又跟往常一样，叼着烟斗，出现在一条长满绿藤的小巷里。

忽然，从一道铁门中窜出一个黑影，和侦探梅洛雷撞了个满怀。

这个家伙穿着黑西服，夹着鼓鼓的皮包，那双眼睛滴溜溜乱转，一会儿瞅瞅东，一会儿瞅瞅西，根本不把留着两撇小胡子的梅洛雷放在眼里。他连道歉也没讲一句，转身就想快点儿逃走。

梅洛雷一把拽住他的肩头，大喝一声："站住！"

那人停下脚步，回过头，看见只有梅洛雷一个人，就没好气地说："你想干什么啊，小老头！"

梅洛雷双眼一瞪："我倒想问问你！"

那人仗着自己身强力壮，撸了撸衣袖，挥挥拳头，说："我看你是欠揍！"

梅洛雷上前一步，单手攥住他的胳膊，一反扭。这家伙怀疑自己被铁钳钳住了，痛得"哎哟哟"直叫。梅洛雷掏出证件，在那人的眼前一亮。

那人看了两眼后，咧咧嘴说："警长呀，我从自己家里出来，难道也犯法？"

"你慌慌张张地干什么？"

"我上班快迟到了，所以得快一点嘛！我撞到了你，真对不起！你快松手饶了我吧！"

凭自己多年的侦破经验，梅洛雷相信这个贼眉鼠眼的家伙不是好人。

"既然你说你是上班去，那先把你的包打开给我看看！"

"没什么呀！只有一些钱！"那家伙没有办法，只好打开了包。包里竟装得满满的，全是钱。

梅洛雷的手上又加了一把力气，说："依我看，你是小偷！否则，谁上班会带这么多的钱！"

那人痛得眼泪都快流下来了，哭丧着脸说："警长呀，我实话告诉你吧，昨晚，我赌博输了，欠了一大笔钱，只好趁老婆去上班，把家里的钱拿出去还债！"

梅洛雷依旧不松手。那人又解释道："我是这家的主人，难道从自己家里出来也有罪吗？你可以把我带到警察局，但你的同行会暗地里笑话你，说你是个蠢货！"

他们在巷子里高声争论着，但没人从旁边路过，也没人来看热闹。

这时，从铁门里冲出一条长毛狗，汪汪叫着，摇着尾巴，跑了过来。

那人把眼睛一闭，暗想：这狗要是不认识我，我就完了。

谁料，长毛狗跑到那个人的腿边，停止了叫唤，起劲地嗅着男人的脚。

那人叹了口气，说道："玛丽，玛丽，我被警察当成了小偷，你大概是不忍心我被他抓走，没人喂你吧！"

梅洛雷对自己的判断产生了疑问，如果真的弄错了，把他抓回警局，同事们肯定会笑掉大牙，但我如果没有弄错，那长毛狗为什么对他如此亲热。

那人扭过脸，见梅洛雷陷入了思考，就发起狠来。

"你还不快松手。我家的看门狗都出来找我了，我怎么可能是贼呢！好，你不松手，等这件事弄清楚之后，我会去告你的，非把你折腾个身败名裂！"

那条长毛狗见那人生气，也开始龇牙咧嘴地冲着梅洛雷乱叫，以表示它的敌意。

大概是我弄错了，梅洛雷暗想，他松手放开了那人。

长毛狗见两人不争吵了，就知趣地走到篱笆边，抬起一条后腿，撒了一泡尿，自顾自地回屋去了。

那人见狗回屋了，便说："长毛狗，没有你我就被人抓走了，中午我给你带好吃的，来慰劳你！"

　　看着狗撒尿，梅洛雷突然记起他十几年前在警犬队的时候，只有公狗才这样撒尿，雌狗不是这样的。而这条狗的名字叫玛丽，是母狗的名字，这里面肯定有问题。

　　"喂，站住！你这个小偷！"梅洛雷上前两步，一把按住了那人，这回，他坚信自己的判断，定要将他送进警察局。

照片上的手脚

弗伦奇是位刚被提升为探长的警察，因为做探长的时间短，经验不足，所以他在英国伦敦的知名度还不怎么高。

弗伦奇急于想改变这种情况，希望能碰到别人解决不了的、十分棘手的案件，并且上天能帮助他破案。

不久，弗伦奇遇到了一件这样的案子。

星期日下午3时，离伦敦50公里的Y镇，一个可怜的老太太，惨遭毒手。

老太太躺在沙发上，面无血色，脖子上有道被绳索勒过的痕迹。死者怒睁双目，好像有什么不白之冤想要倾诉。

弗伦奇叹了口气，用戴手套的手抹平老太太的眼睛，站起身，吩咐手下的警察要一丝不苟地检查现场。

第二天，一份检查报告送到了弗伦奇的桌子上。弗伦奇前前后后、认认真真地翻阅了一遍，发现警察们没找到任何线索。弗伦奇重重地合上检查报告，气愤地说："好狡猾的家伙！一点蛛丝马迹也不曾留下。"

弗伦奇又从资料库里找到老太太的个人资料，一读，才知道老人无儿无女，仅有一个住在附近的远房侄子。弗伦奇暗想：或许能从她的侄子马尼身上找到突破口。

弗伦奇立刻驱车赶到了老太太的住处，连续调查了几位邻居。

"探长，马尼肯定是凶手！你可不能放过他。"邻居们七嘴八舌地议论开来。

弗伦奇劝大家不要胡乱猜测。

"猜测？探长，这可不是猜测。马尼只要一来，就和老太太吵架。"

"为什么？"

"还不是为了老太太的遗产。"

从调查情况看，别的可能性全被排除，只有此人值得怀疑。他犯罪的动机是想早日占有姑妈的遗产。

于是，弗伦奇传讯了老太太的侄子马尼。这人两手插在裤袋里，一副局外人的神态。

弗伦奇问道："请问，你姑妈被害的那个星期天下午3点钟，你在什么地方？"

马尼双手支着弗伦奇的办公桌，一脸无赖的模样。

"探长，我可是良民，不能乱怀疑，否则我会告你的。"

弗伦奇用笔敲敲桌子，严肃地说："你给我站好，这是例行公事！"

"这种案子应叫名侦探来办才行，我看你太嫩，连像我这样的大好人都怀疑。"

弗伦奇一拍桌子，挺身站起，呵斥道："你当时在什么地方？"

马尼掏出一支烟，叼在嘴角，油腔滑调地说："探长，我在伦敦市公园里游玩，不算犯法吧！" "有谁能证明吗？" 马尼掏出一张照片递给弗伦奇，说："它可以证明。这张照片，就是那天在公园里请一位女学生用我的照相机拍的。你看，纪念塔上的大时钟刚好是3点。我姑妈被杀害时，我正在公园里拍照，怎么样？还怀疑我吗？"

弗伦奇虽不是著名的大侦探，但却拍得一手好照片。他举着照片，看了片刻，说："先生，我得把这张照片做证据。"

"随你的便。"

第二天下午3点，弗伦奇来到了马尼所说的那座公园。弗伦奇站到了马尼相片中的位置，请一位游人为自己拍了张照。照完相后，弗伦奇立即赶到暗房，冲洗了两张，再和马尼的那张一比较，便得意地说："马尼，不管你多狡猾，也别想逃出我的手心。"

弗伦奇又找来了马尼。

马尼一见弗伦奇满脸的冷笑，心里不禁"咯噔"一下。

"马尼，你老实交待，这张照片你做了什么手脚？"

"探长，你可别血口喷人！"马尼还在狡辩。

弗伦奇将自己的照片扔到马尼跟前，让他对照一番。马尼瞅了半天，摇摇头，瞧不出个所以然。

弗伦奇指着照片问道："男式上衣口袋在右边，还是左边？"

"当然在左边！"

　　"那么衣扣应在右衣襟还是左衣襟上？扣眼应在左衣襟上还是右衣襟上？"

　　马尼呆了。原来，照片是他上午9时拍的。

　　弗伦奇戳穿了他的鬼把戏："你上午拍的照，然后把底片翻过来冲洗，虽然9点钟变成了3点，但是上衣口袋却到了右边，衣扣到了左衣襟，位置都反了。真可惜，你再聪明，大概也没料到这点！"

　　马尼听完这话，两腿颤抖起来……

栽赃陷害

　　一场大雪停了下来，天气显得更冷了。福尔摩斯正缩在火炉边看书，突然一阵急促的敲门声将他惊醒了，来者叫安德鲁·乔利夫。乔利夫以前曾犯过罪，从监狱出来后，由马斯特曼上尉介绍给他的姐夫约翰爵士做管家。约翰是个百万富翁，今天上午，他大宴宾客。客人们都知道爵士府中有一颗红宝石，价值连城，见过的人很少。马斯特曼上尉就提议请约翰爵士将红宝石拿出来让大家欣赏一番。

　　约翰爵士借着酒劲，欣然从命，他把大家领进书房，从保险箱里取出红宝石给大家轮流观看。此时约翰夫人也在场，她姿色出众，特别是胸前佩戴着一朵刚采摘下来的红山茶花，与那红宝石交相辉映，客人们称赞不已。提到红山茶，约翰爵士自豪地说："我亲自培植的红山茶比这块红宝石还要美丽。"大家也想观赏红山茶。约翰爵士命乔利夫先生去温室作准备。乔利夫来到温室，却发现红山茶的花朵全部不翼而飞。

　　约翰爵士闻讯大吃一惊，赶紧将红宝石装进盒子，顺手塞进抽屉，引众人来到温室。待他回到书房，红宝石竟也无影无踪了。乔利夫大声喊道："赶快去报警！"马斯特曼上尉却长叹了一口气："唉，我不该将乔利夫介绍到这儿来当管家。"

　　乔利夫知道自己被当成贼了，他只好忍下这口气，连夜前来向大侦探求助。正在这时，格雷逊警官进来抓乔利夫了。"我是无辜的。"乔利夫申辩道。

　　"哼，这装宝石的盒子是在你的被褥里搜出来的，你还敢讲自己无辜。"

　　福尔摩斯接过格雷逊手中的盒子，用放大镜仔细地观察了好大一会儿，将盒子归还警官："格雷逊，我不耽搁你了！"

　　当格雷逊铐走了乔利夫后，福尔摩斯陷入了深深的沉思。过了一会儿，他站起身，从书架上抽出一本书翻阅着，喃喃自语："果然有他的名字，布鲁斯·马斯特曼上尉，一个赌博俱乐部的秘书。"

　　当晚，福尔摩斯和华生来到约翰府上拜访。约翰夫人显得十分冷淡：

"这个案子已经交给警方了，我没什么可说的了。"

福尔摩斯非常尴尬，他和助手对视了几眼，出于一种正义感，福尔摩斯说："我们想来问清楚几个问题！"

约翰夫人只好无奈地点点头。

"我对某些复杂的案件具有特殊的兴趣，比如红宝石失窃案。"

乔纳森探长看着约翰夫人说："夫人，你胸前佩戴的红山茶花是什么时候采摘的？"

夫人笑了："我还以为你们问什么问题呢，红山茶花是6点钟摘的。"

福尔摩斯和华生在约翰夫人的允许下，来到温室观察，他清楚地知道，偷花只是玩了个声东击西的计策，但摘下来的花不可能跑到地下去吧。他们来到温室旁边的走廊，发现墙根有些凹凸不平。这时约翰问道："福尔摩斯先生，我什么时候能听到好消息？""大约明早8点左右。"福尔摩斯和华生告别伯爵夫人之后，绕道来到那墙根下面，扒开雪堆，雪堆下埋着一堆红山茶花。

他们又迅速到了赌博俱乐部，找到了马斯特曼上尉，直截了当地说："请你把红宝石于明晨8点前交到贝克街来。"

"什么，你们竟敢诬蔑我偷盗了红宝石？"上尉暴跳如雷，"警官已经做出了公正的调查，他们在乔利夫那里找到了装宝石的盒子。"

"这是你犯的第一个错误。"福尔摩斯平静地说，"我察看了那只盒子，根本没有放过东西的痕迹，是新的，是你放在乔利夫的裤子下面的。"

"谎言！"马斯特曼将赌博的骰子用力一扔，竭力否认，"那时我一直和大家在一起，怎么有时间去做这种勾当！"

"这是你犯的第二个错误。"福尔摩斯冷笑着，继续揭露道，"你早在下午宴会开始之前就去摘掉了红山茶花，并把匣子放在乔利夫的裤子下，后来花被雪盖上了，这正说明了你摘花是在下雪之前，时间应是4点左右。"

"胡说！"上尉拒不认账，"我姐姐胸前的花是晚宴前采摘的，那时已下了三个多钟头的雪了。"

"这恰恰是你犯的第三个错误。"福尔摩斯一下将马斯特曼的伪装全部撕开了，"你要侵吞宝石，必须串通你的姐姐，让她去讲假话，她这位约翰夫人，不习惯做这种犯罪的勾当，她绝没有你熟练和厚颜无耻，她的举止、脸色、言谈都明白无误地告诉我，她在掩护你！"

马斯特曼听完话，无力地耷拉下了头。

伤 疤

太平洋上有个士布艾群岛，形状像军舰，又称军舰岛。

这天，几个外国旅游者乘坐游艇来到岛上，发现了一个不满10岁的女孩，她衣不遮体，满身都被蚊虫咬破了。女孩不懂人事，不通语言，见人就逃，见了食物就抢，形同野兽一般。但这女孩外形是法国人，旅游者便把她带到法国领事馆，并拍摄了一张照片刊登在报上。这件事顿时在社会上引起了很大的轰动，法国外交部责成领事馆维克多调查野女孩之谜。

维克多在医院和野女孩待了一天，野女孩只是噢噢直叫，根本无法和她进行语言沟通。维克多从与医生及当地人的交谈中得知，这小女孩是靠飘到海滩上的腐烂物品及岛上到处都有的野果子生存的。

维克多通过调查，得知五年前在巴黎的一家旅馆，曾丢失了一个5岁的女孩，名叫拉薇。女孩出生在富豪之家，但父母双亡，由其叔父海马德监护；海马德从阿姆斯特丹旅游到巴黎，一次外出办事，回来时发现拉薇失踪。海马德当时就在报上登载了寻人启事。女孩的特征是红衣裤、白袜、黑鞋。维克多认为这个野女孩可能就是五年前失踪的拉薇，但两者特征又并不相符合，因为报道说野女孩手臂上有个明显的伤疤，而当初海马德的寻人启事并没有指出这个特征。

想到这个疑点，维克多又到医院去看望野女孩。野女孩依旧瞪着一双充满恐惧的眼睛，不允许陌生人靠近。维克多将一只苹果在手中晃了晃，野女孩一看，便龇着牙扑上来抢苹果。

维克多看清楚了，女孩手臂上确实有块伤疤，这使他确定野女孩就是五年前失踪的拉薇。维克多由此推断：拉薇由于父母双亡，海马德就成了她惟一的亲人，相互间有了继承关系。海马德由于想夺取拉薇的财产，就故意制造了拉薇失踪事件。

事实的确如此，海马德派人将5岁的小女孩送到了军舰岛，原以为她在那里难以生存。后来海马德得知拉薇的部分财产必须由拉薇本人才能动用，否则将纳入国库。海马德气得咬牙切齿，但他并不甘心，就抱着侥幸的心理来到军舰岛上寻访拉薇，谁知幼小的拉薇竟凭着一种原始的生存的本能活了下来。于是他就想将那野女孩认领回来，但当时的招领启事并没有拉薇的明显特征，所以他就制造了一个手臂伤疤。那几个旅游者是海马德的同伙，奉了海马德之命，"发现"了野女孩并登报宣传，为海马德创造"认领"的条件。

维克多相信自己的推断，就命令医院院长不允许任何人带走野女孩，如果想认领，必须到领事馆办手续。

果然，半个月后，从阿姆斯特丹来了一位自称海马德的绅士，到领事馆找维克多。

海马德胖得像个皮球，眼睛都被脸上的横肉挤成了一条缝。他满脸堆笑，上前主动握住了维克多的手。

"谢谢！谢谢！谢谢你们帮我找到了侄女拉薇，我想她都要想疯了。"

维克多望着这个肥脑油肠的绅士，对他的虚情假意感到恶心。

海马德掏出证件，放在桌上，请维克多过目。

维克多将身子朝椅背上一靠，双手托着后脑勺，闭上眼睛。沉思了片刻，维克多突然竖直了身子，问道："那女孩手臂上的伤疤是怎么回事？"

海马德张开厚厚的嘴唇，解释道："那是在她4岁时，一次酒精灯爆炸而留下的。我看了照片之后，才敢确定。"

维克多又问："那么当时你登的寻人启事怎么没提到这个特征？"

海马德叹了口气："人都有疏忽大意的时候，何况我当时那么焦急，只是想到丢了拉薇，对不起她的父母。"

维克多脸上露出了讥讽之意，他把海马德的证件扫了几眼，然后迅速地锁进了抽屉。

"维克多先生，你把我的证件锁起来干什么？"

维克多冷冷地说："等调查清楚了，证件自然会还给你。不过，我是这么考虑的，因为当时拉薇没有明显的特征，所以你给她制造了一个特征，否则就无从认领了，是吗？"

海马德被这个问题弄得惊慌失措，竟骂起了维克多："你这个混蛋，简直是胡说八道！"

维克多说："的确，每个人都有疏忽的时候，你最近在制造这个伤疤时确实疏忽了，你本应该懂得新伤疤和老伤疤是有区别的，尤其是酒精灯爆炸和一般用火灼伤的伤疤也有区别。我看你这个拉薇的惟一监护人，简直是丧尽天良，为了争夺拉薇的财产，又是欺骗她，又是丢弃，又是认领，花招也玩尽了！"维克多反唇相讥，直说得海马德面红耳赤，虚汗直冒。

贼敲门

　　1988年夏天，巴黎刑警探长埃塞莱到海滨城市夏纳度假。他挑选夏纳做休假地，不仅仅因为这儿风光优美，更主要的是此地正在举行一场盛况空前的集邮者集会。埃塞莱是个集邮爱好者，他当然不会错过这个机会。

　　集会连续举行了好几天，每晚都要在协会成员中间进行邮票交换活动，埃塞莱也像大多数到会者一样，在举行会议的旅馆三楼租了间房。

　　这是一幢四层楼的旅馆，大楼的三四层全是单人房间，双人房间则在二楼。因为有这么多集邮迷在旅馆过夜，他们放在旅行包里的集邮本中那些珍贵的邮票就更有妥善保管的必要了。

　　埃塞莱和集邮爱好者们相处得十分愉快。这晚，在和集邮爱好者共进晚餐时，他一摸口袋，发现忘了带烟斗，就说了声"对不起"，然后回屋子取烟斗去了。

　　埃塞莱跨进房间后，就随手关上了大门。当他正打开皮箱时，外面响起了敲门声，埃塞莱以为是服务员来送东西，便没在意，也没有吱声。

　　埃塞莱拿到烟斗之后，就朝外面的屋子走去。

　　突然，他一抬头，吓了一跳，一个身穿西服的年轻人正站在屋子中间，四处张望着。

　　"你是谁？跑到我的房间里干什么？"探长大声呵斥道。

　　年轻人也惊得一抖，摸摸后脑勺，结结巴巴地道歉道："对不起，我走错房间了！"

　　埃塞莱客气地说："没什么，住在旅馆里经常发生这样的事！"

　　年轻人红着脸，转身就走，还差点撞到了门边的衣服架。

　　"小心点，年轻人！"探长微笑着说。

　　看着年轻人走后，探长摇摇头，埋怨道："现在的青年，真是太毛手毛脚了！"埃塞莱的眼睛忽然看到门边有把钥匙，肯定是刚才那个年轻人丢的。

　　埃塞莱拾起钥匙，冲到了过道上，大声喊着："喂，你丢了东西！"那人头也不回地登上楼梯，一听埃塞莱喊他，脚下的步伐更快了。

"算了！"埃塞莱把钥匙放在自己口袋，打算等遇见时，再给对方。

猛地，探长倒吸一口凉气："不好，或许他是……"探长一跺脚，后悔年轻人从自己手中溜掉了。他马上给当地警察局打了个电话。

"喂，警察局吗？我遇到了小偷，请赶快来一趟，我住在……"

埃塞莱报完警之后，也无心去吃饭了，他站在门口等着警察。10分钟之后，来了三个警察。埃塞莱拿出证件给对方看了看。

"那个小偷很年轻，大约20岁出头，绿西服、黑裤子，最引人注目的是左边嘴角的那个黑痣！"埃塞莱伸出小指头，指着嘴角，"你们千万别让他跑了！"

夏纳市的这几位警察都听过埃塞莱的大名，知道他是警察界的英雄，抓过无数穷凶恶极的罪犯，一商量，他们决定让埃塞莱指挥。

埃塞莱点点头："旅店共有两个门，得分别由两名警察把守，另外一个跟我上楼找他！"

那个警察尾随在埃塞莱身后，埃塞莱吩咐警察和自己保持一定距离，以免小偷怀疑。

两人来到了三楼过道，正好看见那个长着痣的年轻人。埃塞莱假装鞋带散了，便弯下腰去系，然后悄悄冲警察使使眼色，示意他别太鲁莽，以免打草惊蛇。

埃塞莱站起身，冲年轻人打了个招呼："喂，朋友，我捡到了你的钥匙！"年轻人一怔，脸色迅速恢复了正常，他伸过手就去接钥匙。埃塞莱瞅准机会，一把攥住他的手腕。

"你干什么！"年轻人惊呼道。

埃塞莱喊来的那位警察，快速地朝前冲了几步，伸出臂膀一下卡住年轻人的脖子……年轻人还没反应过来，就被制服了。

埃塞莱冷笑一声："你问我们是做什么的，我倒想用这话来问问你呢！"埃塞莱边说边将手伸进了年轻人的上衣口袋。

果然不出所料，年轻人身上有偷来的现钞、昂贵的首饰和好几本集邮册，这一切都证明这家伙是贼！

事后，夏纳市的几位警察问埃塞莱，根据什么断定年轻人是贼？

埃塞莱笑道："他走进我房间之前敲了下门，而后又上了四楼，三楼和四楼只有单人房间，而任何一个单人房间的住客，进自己的房间，根本不会敲门。年轻人敲门的原因，是在投石问路，看看房间里有没有人！"

睡 袍

巴黎一家超级市场的收银员玛格莉特小姐一天没来上班，经理便让人去她家看看，发现玛格莉特小姐在家中被人杀害了。

杰西姆探长来到现场，见玛格莉特家中的家具都被推倒在地，好像这里发生过厮打，而玛格莉特小姐穿着一件薄如蝉翼的睡袍倒在血泊中，胸口留下了一个刀口。

杰西姆在屋子里转了一圈，想找到什么线索，但屋中有很多人的指纹，如果要一个个地查，肯定影响破案速度，再者，凶器不在现场，可以证明凶手抹去了所有对他不利的物证，凶手必然是一个小心谨慎的人。

查看了半天，杰西姆感到有点疲劳，便来到了过道上，点燃一支香烟，开始仔仔细细地理清头脑中的思绪。突然，外面刮起了一阵大风，砰地一声将门带了起来。杰西姆掐灭香烟头，一扭大门的把手，却打不开大门，他只好敲门。

里面的警察替杰西姆打开门，杰西姆脑袋里升起了一片疑云。他弓着腰，摸摸门锁，这好像是一种新型的防盗锁，这锁没有钥匙是无法从外面打开的，可门上却没有被撬的痕迹。

房门上有一个向外窥视的"猫眼"。杰西姆隔着门，通过"猫眼"朝外望了一下，外面的一切便看得一清二楚。

这时，检查完毕的法医拍拍杰西姆的肩头，递给他一张纸条，上面写着：死亡时间是昨晚7点到8点30分。

杰西姆习惯性地将将头发，自言自语道："7点到8点30分，正是来客的时间，由此可推测出凶手挑选这个时间有两种可能：第一是故意迷惑我们；第二凶手是玛格莉特的朋友或者其他什么人！对了，公寓管理员那儿肯定有来客登记表，或许他能提供凶手的一些大概情况！"

杰西姆兴冲冲地冲到楼下，找到了公寓管理员。"昨晚有谁找过玛格莉特小姐？"公寓管理员拿出来客登记本，指给杰西姆看。

"瞧，昨晚7点到8点的时候，来了两个人，一个是煤气管道修理工；另一个是个女的，我听她自我介绍，好像是玛格莉特小姐同父异母的妹妹。"

次日，杰西姆传唤了这两个人。先来的是煤气管道修理工，他一脸无所谓的样子，一屁股坐在杰西姆的对面。杰西姆严肃地问："你知道我找你干什么吗？"

煤气管道修理工咧嘴笑了："我怎么会不知道呢？今天的报纸上登了玛格莉特小姐被杀的事，正好她被杀的那天我去了她家。""你看到了什么？""我没做亏心事，所以不害怕。前天晚上8点，按照约定，我准时去她家修理煤气管道，可按了半天门铃，却没人开门，我就以为她迟一会儿能回来，便在门外等了一刻钟才离开。"

杰西姆盘问了半天，没得到任何有用的线索，就让他先走了。

过了几分钟，玛格莉特的妹妹进来了。她抽泣着，不时用手帕擦拭着哭红的眼睛。

杰西姆叹了口气，说："我为你姐姐感到难过，喊你来，一是了解一些情况；二是你姐姐留下了一些钱，你拿走吧！"

玛格莉特的妹妹点点头："前天，是父亲让我来看姐姐的，赶到时是7点45分，她屋里亮着灯，可无论我怎么按门铃，却没人答应，我只好走了。"

两人交谈了很长时间，杰西姆还是没有收获。

杰西姆取出玛格莉特的钱，数了数，交给了她的妹妹，然后说："你在这张表格上写个名字。"

玛格莉特的妹妹脱下半透明的手套，就去接钢笔。

杰西姆眼睛一亮，暗暗责备自己：我怎么把这一点疏忽了呢？他一把攥住她的手，说："你的手套提醒我，你就是凶手。玛格莉特是你姐姐，你怎么能忍心杀死她呢？"

这一句话好像刺中了对方的要害，她的手一哆嗦，想抽回去。

杰西姆取出手铐，把她铐了起来。

"探长，我姐姐死了，你还这样对我？"死者的妹妹仰起了沾满泪水的脸。

"别再猫哭老鼠假慈悲了。"杰西姆厉声呵斥道。

原来，杰西姆是根据房门上的"猫眼"和玛格莉特小姐的衣服判断的。因为如果有人按门铃，玛格莉特一定会先通过"猫眼"看清门外来者是谁，假设她看到的是煤气管道修理工，就绝不会穿着薄如蝉翼的睡袍去开门，所以当她看到来者是很熟的人，才会穿着睡袍让她进屋来。

听完杰西姆的分析，玛格莉特的妹妹耷拉下了脑袋。

伪 证

　　法国里昂郊外的公路边，有座楼房。房主维克多先生是位飞机设计师，他常因公出差。家里就剩下妻子娅当娜。

　　一天下午，娅当娜摔死在楼下树丛中，一块石头击碎了她的脑壳。

　　探长华特站在现场边，望着眼前惨不忍睹的景象，叹了口气。

　　娅当娜是这里有名的贤慧妻子，可此刻……

　　这时，华特的助手说："探长，娅当娜有可能是自杀，或者是浇花时不小心失足从窗台上摔下来的。"

　　华特摇摇头，指着三楼的窗户说："不可能，你认真看看，楼上卧室的窗户是关着的。娅当娜摔死后，不可能爬起来关窗户的。"助手沉默了。

　　华特转身朝娅当娜的丈夫走去。他握住维克多先生的手说："唉，你要节哀，别太难过，弄坏了身体。"维克多噙着泪点点头。

　　"你妻子从楼上掉下来的时候，你在做什么？"

　　"我……我在小房间画图，根本不知道妻子……今天早上，娅当娜还好好的，我打开卧室的窗子，说要透透气，娅当娜不允许我开，不过，当时天气的确有些冷！"

　　数日调查下来，此案还是没有一点儿进展。

　　华特多么希望此刻能出现奇迹，帮助他顺利破案。

　　黄昏时分，华特喊上助手，又再次驾车来到了现场。

　　现场已经被清扫得干干净净，看不出死过人的痕迹。华特敲响了维克多先生的房门，可久久没人回答，突然，他闻到一股特殊的气味。"不好，是煤气味！"

　　华特和助手使出最大的力气，用肩膀朝门上撞去。一下，两下，三下……门终于被撞开了。

　　华特和助手看见了倒在沙发上的维克多先生，两人立刻抬起他，把他送进了附近的医院。

经过抢救，维克多苏醒了。他的脸颊已经瘦得凹了下去，看样子，有许多天没吃好饭，睡好觉。

维克多张开眼第一句话就是："你们救我干什么！让我去死！"

华特知道维克多思念亡妻悲伤过度，就暗暗下了决心，一定要抓获凶手。次日，他和助手又来到了维克多的住处。

这幢楼位于低洼处，和它相邻的是一座七层大厦。华特眯着眼，望了望大厦，突发奇想，或许大厦中会有人看见娅当娜从楼上掉下来摔死的情景。华特和助手怀着一线希望从一楼开始敲开每家的门，进行详细调查。当到了第701号房间时，一个年轻人热情地把他们迎了进去。

"我是里昂中学的生物教师让·波特，我看到的情况或许对你们有用！"这位年轻人介绍道。

华特和助手对视了一眼，便问道："你看见了什么情况？"

"我是生物教师，喜爱观察鸟类的习性。那天，我看见远处飞来一群候鸟，便取了望远镜去看，正好瞧到了这一切。我看到维克多一把推开窗户，双手抱着他的妻子，将娅当娜头朝下抛到楼下。"

华特竖直了耳朵，说："别急。请再重复一遍。"说完，他掏出了一台小录音机，按下了按钮。

华特根本不相信维克多会杀了自己的妻子，一个能为妻子死的人，能下这个毒手？不大可能。

华特又请波特重复了一遍，然后故意问："波特先生，你是说维克多推开窗户，将妻子抛下去的吗？"

"是的！我可以肯定！"波特边说边拿出了望远镜，"我用它看得清清楚楚。"

华特接过望远镜，瞄了瞄三楼，的确能看到维克多的屋子。

"你说完了？没有补充的吗？"

波特说："对，我说完了。他是推开窗户，将他妻子抛下去的。你们可不要放过这个狠毒的凶手。"

华特放下望远镜，忽然想起昨天发现维克多中毒时，他是如何打开窗户的，心中便有了数，对助手说：

"很好，这位波特向我们提供了十分有价值的线索。不过，你注意到没有，维克多先生家的窗户安装在里面，它只能是拉开，而不是推。向里拉，表示打开，向外推，表示关上。"

　　助手恍然大悟，他跳起来，用手铐铐住了波特，说："有话，我们到警察局再讲！"

　　在警察局，由于华特探长的缜密推理，波特只好承认：因想非礼娅当娜，遭拒绝，一时性急把她推下了窗口，清理了现场。波特的伪证使自己不打自招，案情真相大白。

被擦去的指纹

午后，巴黎警察局的探长罗卡尔正要在办公室里打个盹。

刚刚完结的那起案件真是让他伤透了脑筋。"但一切都过去了。"他欣慰地自语。然后，便歪倒在沙发里，还把两条腿随意地架到办公桌上。可是，合眼不到三分钟，就听到一阵敲门声。

"请进，门没锁呢！"罗卡尔没好气地重新坐直身子。他心里清楚，这一觉是睡不成了，准是有个倒霉的家伙来请求他的帮助。

门被一个矮个儿老头推开，他哭丧着脸，一副心事重重的样子。

老头自我介绍说，他叫戴维斯，是一位古币收藏家。今早，他发现自己的那枚最珍贵的古币失踪了，他把家里每个角落都找了个遍，也没找到。"一定是被人偷走了！"戴维斯一边说，一边难过得简直要哭出声来。

据戴维斯说，那枚古币是他几天前刚弄到手的，为了寻找它，他花费了好几年的时间，当然还包括很多的钱。

"探长先生，它可是我的宝贝呀，你可一定要帮我找到它。我会私下里付你一大笔钱，求求你……"

戴维斯不停地在一旁唠叨着，吵得罗卡尔的头皮发麻。他好不容易才止住对方的声音，理了理头绪，问道：

"你的钱币在被偷之前，放在哪里的？"

"当然是我家大厅里的玻璃柜中呀！"老头说，"我原本以为那里是最保险的，我随时都能看见它是否在。玻璃柜上有两把锁，都锁得死死的。可是，它还是被偷走了。"

"你家里的用人手脚是否干净？"罗卡尔问道。

"我没有用人。"戴维斯回答。

他又告诉罗卡尔说，他和一个哥哥、一个弟弟住在一起。兄弟三人又都是收藏家。哥哥集邮，弟弟藏书。

三人收藏的珍品都放在大厅的书橱和玻璃柜中。为了安全起见，他们把开书橱和玻璃柜的钥匙全放在写字台的一个抽屉里，惟一的一把开抽屉的钥匙放在壁炉上的花瓶里。

"你家近几天有没有来过客人？"罗卡尔紧盯着戴维斯的眼睛问。

"来过！"老头几乎叫了起来，"昨天，哲尼克来过，我还留他用了晚餐呢！你不知道，他带来的那瓶葡萄酒有多香，我和哥哥都承认从没喝过这么好的酒。哲尼克说那是英国王室成员喝的酒。英国女王伊丽莎白把它送给了他的一位亲戚，他便偷偷地拿了来。"

"哲尼克是什么人？"罗卡尔打断戴维斯的话。

"他呀，是我的朋友，也是个古币收藏家，所以我们很谈得来。"

"你得到古币的消息，他知道吗？"罗卡尔追问道。

"当然知道，还是我亲口告诉他的呢。"戴维斯接着又说，"那老家伙有不少有价值的古币，可是他的那些都不如我找到的这枚。昨天早上，我便给他打了电话，约他来见识见识，他当时迫不及待地说立刻过来看看，可是被我拒绝了。"

"为什么？"

"昨天是星期天。星期天早晨我都要去教堂做礼拜。"老头显然是个虔诚的基督徒。

"哲尼克是天快黑时到的。起先他趴在玻璃外头看了看我那古币，说看不清楚，要我把它拿出来仔细瞅瞅。看在多年的交情上，我决定让他看个彻底，便支开他，取出花瓶里的钥匙，打开抽屉，又从抽屉里找到玻璃柜的钥匙，打开来，拿到了古币。"老头回忆着。

"哲尼克没看见你开玻璃柜的过程吗？"罗卡尔探长追问道。

"应该没看见，他当时去厨房准备酒杯去了。"老头肯定地回答。他并不怀疑哲尼克。

昨天，哲尼克拿着那枚古币时，赞叹不已，爱不释手，而且想用自己的十枚古币换他这一枚，可他怎么也不肯。今天一早，哲尼克又打电话来和他商谈换古币的事，还说，如果他不愿意交换，哲尼克可以掏现钱购买。但是，戴维斯还是一口回绝了。当他放下话筒，去赏玩自己的宝物时，这才发现玻璃柜里的古币不见了。

"哲尼克是什么时候离开你家的？"

戴维斯摇了摇头。他昨晚喝得太多，什么都不记得了。

　　探长跟着戴维斯，来到他家。他用放大镜仔细查看一番，发觉锁是完好的，这说明，玻璃柜和抽屉都是用钥匙打开的。再看看，无论是门把、壁炉……总之，凡是应该留下指纹的地方，都被抹掉了……

　　戴维斯的哥哥肯定地说，他一无所知，而戴维斯的弟弟好几天前就出门办事了……

　　探长罗卡尔略一沉思，肯定地说："是哲尼克偷走了古币！"

　　"为什么是他？"戴维斯兄弟俩吃惊地问。

　　"因为，当时只有他和你俩在。只有他才会把留有指纹的地方擦抹干净，而你们是不会考虑留下指纹的。"

　　果然，他们在哲尼克家搜出了那枚古币。原来，在戴维斯锁玻璃柜时，他从门锁的孔里偷看到了，在戴维斯兄弟醉酒后偷走了古币。

失踪的邮票

1986年，法国集邮爱好者协会在巴黎举办了一次珍贵邮票展览。这次的展览非同寻常，它不像其他展览会那样，谁花了钱买张门票，谁就可以大摇大摆地进入展厅，随心所欲地参观、欣赏。这次的展览只对本协会的会员开放，一般人不得入内，哪怕就是总统驾到，如果没有会员证，一样会被挡在门外。

负责看守展品的人员，也都是从协会会员中精挑细选出来的佼佼者。他们平常为人诚实，人品极好，所以才被展览会组织者们委以重任。

为什么一次邮票展要如此兴师动众，戒备森严？

原来，在这次展览会上展出的1 000多张精美的邮票中，有100多张是多位集邮名家收藏的珍品，它们价值连城，比最昂贵的钻石还要高好几倍的价钱。如果弄丢了其中一张，将会给展览会组织者带来巨大的损失。所以，他们决定把所有的没有协会会员证的人，包括不少大人物都拒之门外，宁可少很多的收入，为的是保证展品的安全。

他们认为，所有参观者和管理者都是本协会会员，大家彼此之间互相信任，志趣相投，这次的展览将万无一失。

展览进行得很成功。人们纷纷赞叹那些美丽又精彩的邮品。直到展览结束，整个展厅内的参观者都秩序井然。熙熙攘攘的人群全部离开之后，展览会组织者把所有的邮票都清点了一遍，数目完全正确。他们终于如释重负地舒了口气。

不料，在所有的邮票被看管人员全部送往仓库后，组织者为谨慎起见，又重新清点了一遍，这时，他们发现少了张珍贵的邮票。组织者们明明在第一次清点时见过它，这一会儿工夫，它就好像是被一阵风吹走了似的，不见了踪影。他们在邮票中找了一遍又一遍，还是没找到，一个个急得满头大汗。

无奈之下，组织者把此事报告了警察局，将一线希望寄托在警察身上。警长保罗奉了上级命令，立即赶来调查这起邮票失踪案。他让手下人把整个展览大楼全部进行封锁，不让人进出。

　　根据主办人的陈述和现场的调查，保罗断定，作案者是办展览的工作人员。主办人告诉保罗，所有的工作人员都没有离开，在晚上原本还有一个热闹的聚会。

　　"太好了！"保罗听了这话，格外兴奋。如果真是这样，那么，那张失窃的邮票应该还在这幢展览大楼里，找到它的可能性将会增加几分。可是，在这么大的一幢楼房里，在这么多的工作人员身上，要找到一枚小小的邮票，谈何容易！

　　负责看守邮票的20名工作人员，都临时分别住在楼上20个房间里。

　　保罗在负责人的带领下，一个房间一个房间地搜查。

　　由于这些房间属展览会临时租用，工作人员也只是中午在这里休息一下而已，所以用不着出示搜查证。

　　搜查进行得很顺利，但是结果却不理想。保罗把20个房间全都转了一遍，也没发现其中的破绽。

　　夏日的午后，没有一丝风，保罗抑制住心中的烦躁，又仔细分析了一下案情，然后，重新来到了第208号房间。这是个单人房间，由青年集邮爱好者佛朗西斯暂住。

　　保罗记起，负责人说，佛朗西斯在展览结束之后送了几套邮票到陈列珍贵邮票的房间，而自他离开后不久，邮票就不见了。

　　佛朗西斯见保罗再次光顾他的房间，神情之中有些不安。不过这仅仅是几秒钟的时间，同时，佛朗西斯还俏皮地做了个请进的手势。然而，他那细微的变化还是没能逃过保罗的眼睛。208号房间不大，只有一张圆桌、一只小柜、一张床。因为是盛夏季节，床上只放了一个枕头、一张席，小柜上只有一只空酒瓶和一只玻璃杯，圆桌上有一台开着的电风扇。

　　保罗环视了整个屋子一眼，开始搜查所有的东西及各个角落。

　　佛朗西斯也主动掏出了衣袋里的烟盒、打火机、钱包、证件，结果还是一无所获。

　　怎么回事？保罗心想。就冲他第二次进房间时佛朗西斯的表情，也能看出他心中有鬼。可是，为什么在他这里找得如此仔细，也没能发现那张邮票？保罗抬起眼睛，一动不动地盯着佛朗西斯。他发觉，佛朗西斯渐渐心神不定起来，并且，老是瞟一眼电风扇。

　　保罗恍然大悟，他上前关掉了电扇，当电扇停下来时，他找到了那张珍贵的邮票。

　　原来，佛朗西斯将邮票贴在电风扇的叶片上，叶片一转动，邮票就不可能被发现了。但是，自认聪明的小偷还是被保罗识破了。

忠实的守门犬

夜深了，习惯于夜生活的巴黎人大多已经回到自己的住所。从警局值班室的窗子往外瞧去，附近几条街上已经少有行人，除了偶尔飞驰而过的汽车，一切都显得那么宁静。法贝尔警长抬头看了看钟，3点50分，离天亮还只有两个小时，今天这一班，总算平平静静过去了，他开始打点交班的手续。

突然，报警电话发出刺耳的叫声，法贝尔警长三步并作两步来到电话机旁，按下通话录音的按钮，屋子里立即响起一位老人的叫喊声："喂！警官，我这里有小偷，快来，快来！"问清了报警人的姓名和住址，法贝尔警长立即带了值班的全部刑侦队员，急速朝郊区飞驰而去。

听到报案人的姓名，法贝尔警长就预感到，今晚恐怕是遇上了麻烦。报案的叫雷诺，是法国出了名的集邮商人，他的生意，动不动就有成千上万的进出，经营的却是小得不能再小的货物，偏偏他又报的是盗窃案，够伤脑筋的。

果然，来到雷诺先生的别墅，法贝尔警长立刻知道，这里刚刚发生了一件捉摸不透的珍贵邮票失窃案。

雷诺先生显得十分沮丧。他说，3点钟以后，他忽然从睡梦中惊醒，一种不祥的预感紧紧攫住了他的心。这时候，从他住房对面的小会客室，突然传来一声异响，他急忙披起睡袍，轻轻地走近门边，正想拉开房门出去，不小心碰响了门边什么东西，走廊里立即传来脚步声。雷诺急忙拉开房门，只见一个人影在扶梯边一闪，已经咚咚地冲下去了。他来不及开灯，也跟着冲下楼梯，发觉小偷已经拉开大门，就要跑向花园。

雷诺一边追，一边大声喊着自己的守门犬："吉尔斯！吉尔斯！截住他！"远远地，雷诺已经听到他那头心爱的狼犬呜呜的吼声。

"真想不到。"雷诺说到这里，露出满脸的窘态，"吉尔斯在紧要关头发了疯。我刚追出黑洞洞的大门，那该死的狗不去追小偷，反而恶狠狠地朝我扑来，把我的睡袍撕破了。就在这时候，小偷却逃得无影无踪。真可悲，他偷走了我价值50万美元的邮票。"

听到这里，警长的眉头拧起了疙瘩。不对呀！狼犬是最忠实的畜生，它到了现场，只可能扑向小偷，怎么会攻击自己的主人呢？这细节不仅是破案的关键，对于雷诺先生也关系重大着呢。万一案子撂下，保险公司也会抓住这个矛盾，拒绝雷诺先生的索赔，他那50万美元肯定要泡汤。

想到这里，法贝尔忍不住瞟了雷诺先生一眼，只见他一脸的迷惑与企求，正紧张地注视着自己。警长知道，他是在希望自己做出有利的判断。职责在身，法贝尔无法推卸，于是要雷诺带他去看那只叫吉尔斯的守门犬。

可是，在吉尔斯的窝里，人们只看到一段咬断的皮带，那狼犬居然挣脱了束缚，逃得不见了踪影。于是，雷诺先生一家和全体警员全部出动去找吉尔斯。十分钟之后，才在厨房边的垃圾桶旁找到了那只狗，它一对前足按定一件破碎的睡衣，龇牙咧嘴地不让警员靠近。

看到这状况，警长眉头的疙瘩更大了。雷诺先生凑近来，低低地说："吉尔斯一定疯了，它干吗守着件破睡衣呀？""不！"法贝尔警长恍然大悟，"雷诺先生，你上前去瞧瞧，那件睡衣是不是你的？"

雷诺先怯生生地上前几步，从吉尔斯腿下抽出那件破睡衣，翻动着看了一会儿，突然跑回警长身边："这不对，这睡衣不是我的，我的衣服胸前有一朵勿忘我花，是我妻子绣的！"

"这就对了，"法贝尔警长笑起来，"你追小偷的地方，一定是伸手不见五指。在那种地方，吉尔斯只能凭嗅觉判断谁是主人，你的睡衣被小偷换走了，吉尔斯才追着咬你。看来，它确实是一只忠实的守门犬呢。接下去的问题，是这几天中谁有可能换了你的睡衣。让我们进屋去接着谈。"

雷诺先生这时候也恍然大悟起来。他告诉警长，前天从里昂来了位马里奥斯先生，跟他洽谈邮票生意。他看中了一批珍贵的邮票，因为双方出的价格相差太大，谈判一直持续到很晚，马里奥斯就在别墅里住了一宿。"想不到他会偷走我的睡衣，"雷诺先生吃惊不小，"这家伙真是太狡猾了，连吉尔斯也算计着了。"

法贝尔警长看了看天色，立刻跟警局联系，布置警员到各车站码头拦截。他要趁热打铁，在马里奥斯来不及把邮票脱手的时候，人赃俱获地打个漂亮仗。

果然，在戴高乐机场即将起飞的一架航空班机上，警员们抓住了马里奥斯，在他的公文包里搜出了那批邮票。马里奥斯没想到法贝尔警长能这么快就抓住案情的要害，作出正确的判断：从守门犬反常的表现中，找到了他。

神秘的风俗

木匠阿尔台被人刺死在房间里，凶器是一根长长的毛衣针，不偏不斜地正好插在心脏上。

阿尔台一无权二无钱，别人为什么要杀他呢？

探长杜朗在调查完现场之后感到十分奇怪，他询问了阿尔台所有的邻居和朋友，大家同样觉得不可思议。探长杜朗对村长说："你再想想，阿尔台有没有仇人？"

村长摇摇头，说："阿尔台在村子里住了几十年，和谁也没红过脸！平日他就靠喝点酒打发日子，挣的那点钱全部砸进了酒缸！"

杜朗点点头。从凶杀现场来看，阿尔台是在酩酊大醉时被人杀死的，但凶器为什么不是刀子，不是枪，而是一根长长的毛衣针呢？

探长杜朗对这个案子调查了几个月，依旧毫无进展，他只好把它暂时搁在一边。

半年后的一天深夜，杜朗在睡梦中被一串急促的电话铃声惊醒了。

杀害阿尔台的凶手又再次出现。在一艘美国轮船上，一名60岁的男子被刺身亡，凶器还是一根细长、明亮的毛衣针。

杜朗在现场见到的只是一摊血和一具尸体。警察局长阴沉着脸，在船舱里走来走去，他一见杜朗，就发起火来。

"你看看，上次木匠被害的事，还没找到一条线索，可凶手又向我们挑战了。我不管你用什么办法，必须阻止凶手再去杀人。"

"我……"杜朗刚想解释，警察局长不耐烦地挥挥手："我不听你的解释，总之，我不想再看到新闻上说警察对这件事多么多么无能！"警察局长讲完话，甩袖而走。杜朗呆呆地站在那儿，不知如何是好。

一个正在检查现场的警察轻轻碰了碰杜朗，递给他一张验尸报告。报告上说，死者先被捆绑之后，才被杀掉，然后松开捆绑的绳子。

"他妈的，真狠毒！"杜朗骂道，接着他问那个警察，"凶手有没有留下指纹？"

那个警察茫然地摇摇头，说："从作案手法上看，这家伙是经过充分准备的，他肯定是戴了手套……"

探长杜朗又对全船的工作人员和旅客进行了逐一调查，列出了几十个嫌疑犯。

正当杜朗把这几十个嫌疑犯带回警察局逐一盘问的时候，第三起案子又发生了。死者还是个60岁的老人，没有任何仇人，同前两位死者一样，家中和随身的东西一件也未少。

探长放了几十名嫌疑犯之后，把三位死者的姓名都写在了大白纸上。他苦苦思索着：又是一个60岁，又是一根毛衣针……对了，我应该查一查他们的档案，看看他们到底是什么关系。很快，杜朗调来了档案。档案中显示，三个人虽都生活在同一个城市，但根本不可能相识，还有，就是他们都是独身老人。

"阿尔台，生于1904年7月27日，另一个是……"

突然，探长一拍桌子，他惊呆了：三位受害者是同年同月同日生。这难道是巧合吗？不，决不可能。

这时，电话铃又响了，又发生了第四起同样的案子，死者的出生年月与前三个完全相同。完全相同的出生时间，为探长杜朗打开了新的思路，他又进一步发现死者被害日期，都是阴历十五。

根据这些情况，探长调查出小城共有15位和死者相同生日的60岁老人，还有一位是孤寡。

探长杜朗把手下都召集来了，说："如果推论没错，这个月月圆之夜，将发生第五起凶杀案，我们必须在凶手动手之前抓住他！"

大家终于等到了月圆之夜。明亮的月光静静地洒在第五个老人家的窗头上。杜朗看看手表，再过10分钟，就12点了。

突然，他看见一个人影拎着个酒瓶，摇摇晃晃地靠近了那个老人的家门口。在门口，他停住了脚步，顿时醉意全无，东瞅瞅，西望望，最后确定没人了，他才掏出一把钥匙插进了锁孔。

人影进了房间。这时，里面灯光大亮。那人一见不妙，撒腿就想跑，但大门已经被杜朗探长堵住了。杜朗使出擒拿的技巧，三下五除二就把他打倒在地。杜朗定睛一看，躺在地上的竟也是个老人。杜朗从这家伙身上搜出了一根毛衣针和一本手写的书。打开书的第一页，上面就写着：生辰相同的人只能分享一个灵魂，一条生命线。因此，同一天出生的人死得越多，在世者的寿命就越长。

凶手竟如此愚昧，相信远古的这种风俗，才敢于杀害那么多同龄的人。

遗落的香烟头

1881年7月，维也纳的一间乡村别墅里发生了一起凶杀案。

死者是个20来岁的年轻女人，她长得很美，金发碧眼，只是那双眼睛充满恐惧地瞪着天花板，已经不能顾盼生辉了。由此可见，死者临死前陷入了极度恐慌之中。

警察从现场发现，死者生前穿了件淡紫色的丝绸晚礼服，头发和耳后都有香水的痕迹。她大概是被一把匕首刺死的，胸口衣服上沾满了血迹，血色暗黑。看来，她已经死了好几个小时了。

负责此案的警长霍布斯盯着死者的装束，出着神。凭他的经验，他断定被害人死前不是要赶赴舞会，就是去与情人幽会。

这时，他的一名手下在死者家的大门口找到了一个烟蒂，这可是个有力的线索。

霍布斯兴冲冲地接过那个烟蒂一瞧：这哪是什么烟蒂，简直就是刚刚点着后，便用脚踏灭了，好像只吸了一两口。霍布斯命令，先从这根长长的烟蒂查起。两天之后，嫌疑者的范围渐渐缩小了，最后定在两个人的身上。霍布斯觉得这两个人都有可能是凶手，只是拿不准到底是他们中的哪一个。

带着满脑子的疑问，警长霍布斯走访了著名的心理学博士弗洛伊德先生。

弗洛伊德善于作心理分析，他曾帮助警长破获了好几起疑难案件。

霍布斯打心眼里佩服这位学者朋友缜密的推理和精辟的分析能力。

弗洛伊德一见到警长，就猜出了来意。他放下手中的书本，饶有兴致地问："警长，你又给我带来了什么难题？好久不见，真是盼你来呢！"

霍布斯虽然知道弗洛伊德也把破案当做业余乐趣，但还是有点不好意思，他满怀歉意地说："总是来打扰你，耽误你的宝贵时间，我于心不忍呀！"

弗洛伊德幽默地说："向你们警察局长打听一下，能不能让弗洛伊德也干兼职警察。如果他同意，我一定申请与你——霍布斯警长做一回搭档。"

两人相视一笑，霍布斯也不再拘束了。他向弗洛伊德简要地叙述了案情："被害者是一位漂亮的夫人。她的丈夫是位钢琴家，案件发生时，他正在外地演出。目前，有两个人值得怀疑。"

弗洛伊德出神地听着，不时点点头，或轻声念叨一遍关键的语句。

"凶手在现场没留下什么痕迹，地毯上的脚印也被抹平，死者家中的家具、茶杯上的指纹全部被擦得干干净净。后来，我们在大门口捡到一支吸了一两口的香烟。"

听到这儿，弗洛伊德的眉头轻轻一皱，霍布斯见他这样，便停了下来。弗洛伊德思考了几秒钟，示意霍布斯继续说下去。

"我们猜想，落在门口的这根烟一定是凶手所丢的，还用脚踏过。"

弗洛伊德问："两名嫌疑人都抽烟吗？"

警长说："对，而且都抽那种牌子的烟。我们就是根据香烟的线索，才找出他们俩的。两人之中，一个是被害者的小情人，他是音乐学院的学生，他的钢琴教师就是死者的丈夫。他经常出入老师的家中，久而久之，和老师的太太——死者有了私情。死者的丈夫外出演出时，这女人常常把他喊回家。最近，这位学生要跟未婚妻结婚了，死者得知这个消息，十分嫉妒，跟他争吵过。因此，他有可能杀害钢琴家夫人。"

"你们了解的这些情况是那个小情人自己供认的吗？"弗洛伊德不失时机地问道。

"是的。但他只承认死者被害的那天晚上，他的确去过死者家中，只不过和她说了几句话就走了，并没杀人。"

弗洛伊德又问："另一个嫌疑人呢？"

警长说："这是个兜售缝纫机的推销员。他知道这个女人常常一个人在家，也知道她行为不端，很有可能想用花言巧语去引诱她。但遭到拒绝后，他就恼羞成怒，把女的杀死了。"

"这些是你猜测的吧？"弗洛伊德问。

"不错。那个推销员什么也不肯说。他声称这两天嗓子发炎，已经断了香烟。而且，他也从不认识死者，更没去过她家。"

弗洛伊德沉思好一会儿，口气坚定地说：

"凶手就是兜售缝纫机的推销员。因为，凶手如果是小情人的话，他是不会把刚吸上一两口的香烟丢在大门口的。他经常到被害人家里去，嘴上叼着香烟进进出出，是很平常的事。推销员就不同了，他为推销商品，常常到陌生人家。他出于礼貌，每当走进一户人家之前，习惯于在大门口把点燃的香烟丢掉，并用脚踏灭。这事他已习以为常。因此，在被害人的家门口能如此注重礼节的人，肯定是推销员。"

　　警长觉得弗洛伊德的话十分有理，便着重调查推销员。在搜查推销员住处时，发现柜子里有件衣服沾了血迹。经查，血型与死者的完全一致。凶手果然是推销员！

电话跟踪恐怖分子

2002年4月11日，德国警方无意中截听到一个电话，说当天在突尼斯的卡达兹犹太教堂将发生自杀性爆炸袭击，这个电话非同一般，打电话的是一名36岁的男子，叫布里斯廷。

刑警队长克拉雷怀疑布里斯廷是恐怖分子的"基地"成员，一截听到他的电话，立刻引起了警惕。布里斯廷的电话是打给一个名叫卡利德的人，此人是"基地"军事指挥官，一直是警方追捕的对象。克拉雷队长认为卡利德就藏身在巴基斯坦的某个地方。

通过电子侦察，德国警方很快追查到那个电话是由卡利德的那部瑞士电信生产的手机打出的。

起初，克拉雷队长并不知道这部手机是属于卡利德的。后来是警方在卡达兹教堂阻止自杀性爆炸袭击时，当场抓住布里斯廷，从他身上搜出一本记有许多通讯地址的电话号码本，其中有一个是巴基斯坦境内的。

克拉雷队长和助手很快赶到瑞士进行调查，通过核查瑞士电信的记录，他发现许多其他"基地"疑犯也曾使用过瑞士电信的芯片，这种手机芯片与"基地"网络联系在一起。原来，在瑞士购买这种手机卡不需要购买者提供身份证和证件，所以很受恐怖分子的青睐。

克拉雷队长将这些手机号码与恐怖嫌疑犯相比较，然后通报给美国、巴基斯坦、沙特、印尼等几个国家警方，要求跟踪这些恐怖嫌疑犯。

半月后，以克拉雷队长为首的多国侦探组制定了电话跟踪抓"大鱼"行动方案，并开始了秘密行动。他们根据那个电话跟踪到了躲藏在巴基斯坦境内的卡利德的动向，通过监听手机通话，大致确定了卡利德所在的方位。然而，准确的位置却难以确定。

电话跟踪抓"大鱼"的行动中断了，克拉雷队长立刻请美国和巴基斯坦的安全机构展开全面的电子搜捕。

两国的安全机构整整搜捕了一个月，卡利德的手机信号一下子消失得无影无踪，再也没有出现，这可急坏了克拉雷队长。

"难道卡利德换了手机芯片？让我们失去监控！"克拉雷队长后悔自己没有想到这一点，他坐在沙发上，一点儿也提不起精神。

就在他一筹莫展时，他的助手进来，兴奋地报告说："信号出现了！"

"什么时间？什么内容？"克拉雷一下子从沙发上弹起来。

助手说："7点零2分，是从沙特利雅得打过来的，具体内容一时不明白。"

克拉雷紧接着问道："卡利德手机信号的准确位置在哪里？"

"在卡拉奇！"

助手话音没落，克拉雷队长已走出了办公室，向多国侦探组发出了立即行动的命令。

多国侦探组直赴卡拉奇，进行了闪电般的搜捕，在一座电磨房里活捉了卡利德，电话跟踪终于抓住了"基地"军事指挥官这条"大鱼"。更令克拉雷队长高兴的是，在电磨房里搜到了一个计算机和一本个人电话号码本，里面记录了500多个号码。这些电话号码实际上就是"基地"的联络网。

克拉雷队长率领多国侦查组利用这些电话号码，突然袭击了与卡利德有联系的一个恐怖组织，阻止了他们准备在沙特利雅得制造的爆炸性事件。

寻找黄狗

　　近日来，比利时的一个小山村变得越来越不太平。这个村子里的好几户人家都遭到抢劫，主人也被残杀。凶杀案都有一个共同的特征，就是案发时有可怕的狗叫声。

　　村子里的人就有一个不怕凶手，他就是马掌匠利贝尔，他家没遭到抢劫，所以利贝尔很得意地晃动着钉马掌的锤子："那家伙要敢靠近我，看我怎么收拾他。"

　　利贝尔的话还没讲两天，凶手就光顾了他那位于村旁的屋子。睡得迷迷糊糊的利贝尔，忽然听到门外有窸窸窣窣的撬锁声，他顿时清醒了，一骨碌爬起来，握住了放在床头用来防身的木棍。

　　门被推开了一条缝，罪犯先把头挤了进来。缩在一旁的利贝尔屏住呼吸，等那人的身影完全进了屋子，他大喝一声，操起木棍就狠狠地打过去。黑影见势不妙，撒腿就跑，跟在他后面的是一条发出叫声的黄狗。

　　"看看我怎么样！"利贝尔逢人就自豪地吹嘘道，"不是吹牛，再来他十个八个的，我也不放在眼里。"

　　后来，村民们把村子里不太平的事报告了城里的警察局，城里派尼卡探长来破此案。

　　尼卡到了村子里后，首先做的就是到东家转转，西家跑跑，但费了很大工夫也没查出什么来。有的村民本来正在谈话，可一见尼卡便四处散开了。

　　尼卡深深感觉到村民们互相猜疑，对他很不信任，往往答非所问，欲言又止，有的干脆推翻曾经讲过的话，说自己从来没有被抢过，而且一到下午3点钟，就家家闭门落闩。若是夜里去访问，听到的不是开门声，而是门后的枪栓拉动声。

　　"我是警察尼卡，请信任我，我会帮助你们查清问题的。"尼卡使劲敲着门，可门依旧死死关着。

　　"你快走开，我们的事不要警察插手！"村民说。尼卡叹了口气，只好作罢。

　　月亮将村间小路照得银白一片，走在回旅店路上的尼卡遇到了马掌匠利贝尔。利贝尔喝得醉醺醺的，听完尼卡讲述的情况之后，大声骂道："他妈的，这帮村民太胆小，他们是怕你破不了案，反而增强了罪犯的报复心理，所以不敢讲。走，警长到我家去，我把知道的情况都告诉你！"

　　利贝尔给尼卡端上茶水之后，又重述了一遍那天晚上发生的事。

　　"黄狗？"尼卡百思不得其解，罪犯作案时带着狗干什么？难道是给自己通风报信？不可能！尼卡摇摇头，向利贝尔询问道："你能认出那只黄狗吗？"

　　利贝尔哈哈大笑："不能确定，但我可以试试。"

　　"那我这两天麻烦你做一件事，我想把狗放在你的院子里，由你认一认。"利贝尔爽快地答应了。

　　次日，尼卡就把各村村长召来，命令他们将村子里所有的黄狗都送来，让利贝尔辨认。

　　这下，利贝尔的院子中可热闹了，又是狗叫声，又是围观的村民，简直成了赛狗大会。

　　利贝尔捋着短短的胡须，煞有介事地在狗群中穿过来穿过去。要在近百条狗中辨出一条仅见过一次的狗，并非是件容易的事，但马掌匠利贝尔做到了，他指着其中一条说："瞧，好像是这条，我记得背上的毛是鬈曲的。"

　　根据这条线索，尼卡和几个村长跋涉了几十里的山路去查访了那条狗的主人——伐木工庇特曼。

　　这个庇特曼是个行为不轨的人，他一听尼卡讲述了来此地的目的，就讥讽道："笑话，凭这条狗就能判定我杀人行凶？再说黄狗同我在一起，从来没出过山。"

　　尼卡在伐木者家中看了看就下山了。

　　他又回到马掌匠利贝尔家中，说："我们已经找到一只可疑的黄狗，请你辨认一下吧！"

　　利贝尔跟着尼卡到了村公所。一进村公所，尼卡就掏出手铐将他铐上了。

　　利贝尔恶狠狠地说："你想干什么？凭什么抓我？"

　　尼卡说："别耍花招了。我一进村子就听到黄狗的传说，但我不相信，我认为是有人利用黄狗来混淆视听。后来听了你的叙述，我就把怀疑目标定在你身上了。你也太聪明过头了，也不考虑考虑，所有人家都被抢了，为什么只有你能平安无事？还有你提到的黄狗，那天晚上你连偌大的人影都看不清，却能看出伐木者的黄狗的背毛是鬈曲的。你分明是嫁祸于人！"

村长悄悄问："那么狗叫声是怎么回事？"

"你问这位马掌匠吧，他学出来的狗叫声，还真怪吓人的！"

泥巴里的证据

1988年夏天的一个傍晚，比利时警察局来了一位中年妇女。

妇女说，她的丈夫失踪了。一个星期前，丈夫和一个叫巴克利的朋友外出旅行，至今未归，甚至连一丝音信也没有。妇女抽抽噎噎地回忆道，丈夫临走之前，曾对她说，这次旅行不会超过三天。三天后，他会回来和她一道摘果园里的苹果。

"我丈夫是个说一不二的人，他肯定是出了事，否则一定会按时回家的。"妇女一边说，一边抹着泪。

警方派了最善于侦破失踪案的侦探佩德罗处理此案。

佩德罗跟着那位妇女，找到她丈夫的朋友巴克利。巴克利家大白天也关着门。佩德罗敲了好半天门，也没有回音。

"巴克利，我带来的是警察，你要再不出来，可没好果子吃！"妇人扯着嗓子朝门里喊道。

没过两分钟，门开了。巴克利看到站在一旁的佩德罗，神情有些紧张。他结结巴巴地冲佩德罗解释道："警察先生，请别误会。我之所以不想开门，是因为她已经来我们家好几趟了。我妻子还以为她是我在外面认识的情人，跟我吵个没完，弄得我有八张嘴也说不清。"

"你胡说！"妇人脸涨得通红，"每次来的时候，我都说明了是来打听丈夫的消息的。分明是你害怕见到我。"

她转向佩德罗说："昨天下午，我听别人讲巴克利回来了，便来这问问情况，可是他，他假装睡着了。任我怎样求他，就是不开口说话。他一定知道我丈夫的下落！"

"我真的不知道。"巴克利委屈地申辩说，"我和她丈夫一块儿出门旅行。五天前，我们住进沿途一家乡间旅馆。那儿的伙食可真糟糕，我说要到镇上的餐馆喝点啤酒，以免碰那些旅馆的饭菜。这时，她丈夫说要出去办点事，我们便一同出了旅馆。然后，他和我一个往东，一个往西，分了手。"

"后来呢？"那妇人催促巴克利继续往下说。

巴克利白了她一眼，不情愿地接口道："别打岔，否则我就想不起来了。"

那妇人忍着气，一声不吭地受了巴克利的抢白。

"我回旅馆的时候，天已经黑了。"巴克利神色沉重地说，"我左等右等也不见她丈夫回来。我猜他也许迷路了，当晚回不来，第二天也会回旅馆的。可是，我在旅馆里一连住了三天，也不见他的影子。我开着车找遍了附近村落，可村民们都说，没看见这个人。该做的我都做了，我猜他也许在哪个朋友家耽搁了。我家里还有事，就先回来了。"

巴克利的话听起来入情入理，似乎不像是在撒谎。佩德罗向他要了那家乡村旅馆的电话号码后，便和那妇人离开了巴克利家。

他拨通了那家旅馆的电话，借此验证巴克利的话是否属实。结果，对方的回答和巴克利所说的完全一致。他们还说："那位同巴克利同住一室的先生到现在也没回旅馆，而他的东西还留在这儿呢。"

佩德罗又等了两天，仍不见失踪者回来，他估计此人已被人杀害。要侦破此案，必须先找到被害者的尸体。于是，佩德罗带着警犬在乡间旅馆附近四处寻找，但毫无下落。

他判断，被害者的尸体很可能被抛在十分偏僻的地方，而巴克利始终不能排除在嫌疑人之外。巴克利成了此案的重要嫌疑犯，但他一直矢口否认与失踪案有关。

佩德罗既无口供，也无物证，只好暂时拘留巴克利。

佩德罗重新仔细地搜查了巴克利的住处。但是，屋里的东西似乎都与案件不相关。在搜查床铺时，佩德罗注意到床下有一双沾满泥巴的旅游鞋，他不动声色地用塑料袋包上它，随后，他大步朝巴克利的车棚走去。在那辆同样沾满泥巴的吉普车的轮胎的凹槽里，取了几块泥巴，带回化验室。

化验结果出来后，佩德罗请求警长给他派20名警察，随他到比利时南部丛林中去搜寻失踪者，警长同意了。

两天后，佩德罗和他手下的警察们终于在比利时南部丛林里一块水洼地上发现一具男尸，死者正是失踪者。审讯时，佩德罗对巴克利说："别浪费时间了，快交待你杀害朋友的经过吧！"

巴克利冷笑道："请出示证据。"

　　佩德罗举起手中的小玻璃瓶子说："证据在这里！它是从你旅游鞋和吉普车上找到的花粉。不同的植物，它们的花粉形状是不同的。我们化验了你鞋子和车子上沾的泥土里的花粉，发现这种花粉是比利时南部山区特有的。它证明，你在旅游的几天里到过离乡间旅馆很远的南部丛林地区。在那里，我们找到了你朋友的尸体。你还想抵赖吗？"

　　巴克利不得不认罪了。

指纹在这里

圣诞节过去了，汉尔密先生急着要回到自己店里去，从圣诞到新年，是收入最高的一周，他决不能在这个时候离开岗位。

汉尔密先生的公主手表店位于日内瓦马拉纽路和海尔维第大道的交会点，以专营名贵手表而出名。瑞士历来以手表制造业闻名全世界，那些最出色的名牌表都是手工制造的，而汉尔密经营的表，更是高出一等。机芯是手工制名牌货且不说，它们的外壳也都是用黄金、白金制作，有的还镶嵌着宝石和钻石。因为这些表有极大的观赏和收藏价值，虽然它们价值不菲，最低也要2万美元，但那些口袋里塞满钞票的顾客还是来这里一掷千金。所以，汉尔密先生的主顾不算多，赚的钱却不少。

汉尔密一早来到店里，开门、关保险装置、整理店堂，到8点半，街上还空荡荡的，他就开了店门，站到安放那些名贵手表的橱窗边，等待一天中的第一位顾客。

开门不到15分钟，汉尔密就迎来了第一位顾客。一位衣着十分考究、戴着副遮得住半个脸的茶色眼镜的中年男子推开了玻璃大门。他昂起脑袋，环顾了店堂一周，便径直朝汉尔密先生走来。

汉尔密先生立刻满脸堆笑迎上前，向顾客投去询问的目光。那顾客个子高高的，又不肯摘墨镜，只是俯下身去，让帽檐遮住大半个脸，瞄了一会儿，才一声不吭地指了指玻璃柜里的一只手表，示意要取出来瞧瞧。

汉尔密立刻掀起玻璃板，把那表取下，递给了顾客。那人侧过身子，拧了拧发条，把表朝门口瞄了一会儿，才开始问价。汉尔密告诉他，这表的定价是4万美元，那人听了，愣了愣，摇摇头，伸手要把表放回原处。汉尔密慌忙接住，等他放好表再抬头，看到那人已转身朝大门走去，不觉心里一沉，唉，白忙了一趟。

眼瞄顾客出了大门，汉尔密这才回头整理橱窗，一边对自己说："买卖不成仁义在，下一笔生意一定成功。"想不到他只朝橱窗瞧了一眼，立刻吓得目瞪口呆，刚才还挂在橱窗外侧的一只白金嵌宝石男表已经无影无踪，那可是只价值5万美元、有着3000美元利润的货物啊。

从关门报案到警局的探长波特斯赶到公主手表店，其间35分钟，汉尔密一直盯着玻璃橱窗，不时抬起手，比划着刚才自己与顾客间发生的一切。他无论如何想不通，自己一向眼捷手快，顾客任何细微的动作都逃不脱自己的眼光，今天怎么啦，那小偷当着面摸了只手表，自己居然没有发觉。看来，是急于成交的心情害了自己，真是事关利害则心乱啊。

直到波特斯询问现场发生的一切，汉尔密还是说不出多少有价值的情况来。个子嘛，高高的，因为他俯下身才能看清橱里的手表；脸有什么特点？对不起，实在说不清，他半个脸用墨镜遮着，又低头，又侧身，总不让汉尔密看清楚，其实汉尔密也没注意他的穿着，只关心着手表。不过，这家伙一定是个高手，他偷表的动作太神速了，就在他向橱窗一伸手挂表时，就把表摸了去，连经验老到的汉尔密先生也没看出一点端倪。

当汉尔密颠颠倒倒说着这一切的时候，波特斯一直不吭声，偶尔朝玻璃橱窗扫上一眼。听他说到这里，波特斯立刻插话说："那就成。只要他是个惯偷，就跑不了。警局可以从总部的电脑贮存中查到所有在案小偷的指纹。"

汉尔密还弄不懂："指纹？这家伙进门以后什么东西都没碰，哪来的指纹？"波特斯笑了笑，指着橱窗："他的指纹就在表上。""可是，"汉尔密先生哭丧着脸说，"他摸过的那只表，我当时把它混在一堆表里，谁知道是哪一只？"

波特斯从怀中取出只镊子，把一堆表拨了拨，立即夹起一块表，仔细地放进塑料袋，说道："我要把这表借去查找指纹，请拿张纸来，我给你写个证明。"

汉尔密还在怀疑："您怎么知道他取的就是这一块呢？"波斯特笑了："您今天一定是被那小贼偷懵了，你再瞧瞧你那些表。"

汉尔密左看右看，还是弄不懂，波斯特这才拎着那只塑料袋说："今天，是圣诞节以后第一天开门，您那些表，在橱窗摆了三天，早就停了。只有小偷摆弄的这只表，刚上了发条，还在走。您看是不是？"

汉尔密瞧了那表一眼，这才恍然大悟，伸手拍拍脑袋，连连称是，听凭波特斯借了那只留有小贼指纹的表回警局去。

　　两天后，汉尔密先生收回了那只手表，波特斯探长还给了他一份窃贼材料的复印件。文件里有名有姓，有照片，有犯罪历史，还有通缉令。

　　又过了半个多月，汉尔密接到警局通知，要他去指认罪犯，同时领回自己那块失窃的手表。他心里对波特斯探长佩服极了，一点点疏忽使自己失算，而窃贼留下的哪怕是蛛丝马迹，都逃不过探长那敏锐的眼睛。

企鹅肚子里的美金

卡梅伦先生是位探险家，世界上很多地方都留下过他的脚印，但他最喜欢去的地方还是北极，他去过十多次，光照片都好几本，纪念品摆了满满一屋。

每逢有朋友来时，他都带大家去参观他的珍藏，而且不厌其烦地解说。朋友从他家出来时，总要经过严格的检查，因为卡梅伦害怕有人偷走那些纪念品。

就这样，卡梅伦还是被盗了，被偷走的是三万美金。

那天卡梅伦病了，来看望他的人很多。卡梅伦已经老眼昏花，根本认不清来的人，他只是隔一会儿就摸一摸枕头下的钱，只要那硬硬的皮夹子还在，他就能多活个两天……

年迈的卡梅伦又咳又喘地向警官布朗讲述着。他突然伸出手抓住了布朗的袖子，用殷切的目光望着他，恳切地说："警官，你一定要找到那钱，那是我准备捐给孤儿院的！"

失窃的第二天，卡梅伦就病故了。布朗警官查了将近一个月，依旧没有任何线索。每当想到卡梅伦临终前的话时，他的心里就不是滋味。

这天，他心事重重地回到家中，坐在饭桌前，却什么也吃不下。

他的儿子罗伊看出了这一切，便关心地问："爸爸，你哪儿不舒服！"

布朗眼睛一亮：对，我问问儿子，瞧他怎么分析这个案子的。

别看罗伊才17岁，却读了很多书，别人有问题时总向他请教。

布朗介绍了案子的大概情况。罗伊在一旁插嘴道："钱肯定还在屋里，因为小偷怕看门人的搜查！"

布朗自言自语道："如果钱还在屋里，那小偷怎么取走呢？后天卡梅伦的藏品将全部拍卖。小偷会不会混在人群中悄悄取走钱呢？"

第二天，父子俩赶到了卡梅伦的住处。

罗伊像个大人，倒背着双手，在屋里踱来踱去，凝眉苦思。小偷会把钱藏在哪里呢？夹在书里？不可能，那样可能掉出来被发现。罗伊摇摇头，暗想：我应该换个角度考虑考虑，藏钱的地方肯定会很安全，而且又不容易被人注意。

罗伊来到一间狭长的屋里，这里是卡梅伦先生的资料馆。罗伊倚在门框边，仔细打量着屋内的摆设。

屋子中央有张书桌，书桌上摆着几本书，书旁有个很大的望远镜。四面墙壁除了一面有个壁炉外，其余都放着一些木架子，木架子上摆放着各种小标本和别的一些什么东西。最吸引人的是一具后腿直立、栩栩如生的北极熊标本，它憨态十足，脚下围着一圈企鹅，数数，共有八只。

罗伊还没发现什么问题。

这时，布朗先生进来了，他望着儿子浓眉紧锁的样子，说："罗伊，昨天大伙又查了一遍，连边边角角都没有放过，我估计，也许小偷瞒过守门人把钱带走了。"

罗伊摆摆手，肯定地说："不。爸爸，钱还在这里。"

布朗警长将信将疑地问："你怎么那么肯定，有什么根据？"

罗伊说："如果我是小偷，肯定先了解卡梅伦先生的情况，再找个机会接近他。接近他的办法是来探望他的病情，那时人会很多，没人注意我。"

罗伊闭上双眼，陷入了遐想："趁卡梅伦使劲咳时，将手伸进枕头，取出钱来，床边的鲜花会挡住别人的视线，人们发现不了。然后再出来，在厕所中将钱放进带来的礼物里……"

布朗警长越听越糊涂，眨着眼睛问："罗伊，你能直截了当地说吗？譬如，强盗的礼物，究竟指什么东西？"

"那件礼物肯定能藏钱，而且有可能与屋里摆设不协调。"

布朗警长有些不耐烦，认为儿子胡说八道，就不理睬他，顺手从木架上抓过一只陶瓷企鹅，在手中把玩着。

"爸爸，别动！"罗伊兴奋地一拍巴掌，连声说，"我知道钱在哪儿啦，就在你手中企鹅的肚子里！"

布朗警长被他的一惊一咋吓了一大跳，忙追问为什么。

"明天，小偷一定会在拍卖会上买下企鹅。爸爸，你动动脑筋，卡梅伦先生是北极探险家，从未去过南极。可是，企鹅只住在南极，他怎么可能有这些陶瓷企鹅呢？"

布朗警长也乐了，他轻轻扭动企鹅的脖颈，发现那是活动的。果然，三万美金分别藏在八只企鹅肚子里。

布朗警长服气地向儿子竖起了大拇指。他对明天的拍卖会做了周密布署。第二天，拍卖开始了。一个大腹便便的商人，一见到八只陶瓷企鹅，就报出了很高的价，可惜，他只"买"回了一副锃亮的手铐！

毒 雾

天刚亮，丹麦的露丝小姐就醒了。今天是她18岁的生日，将有很多亲戚和朋友来祝贺她，并且晚上还有隆重的生日晚宴。

露丝小姐花了30分钟，才给自己化好妆，她站在镜子前，左看看、右瞅瞅，满意地笑了。

露丝打开了大门，准备迎接第一位客人。门口空荡荡的，露丝眼角的余光突然瞟到了地上的一束白花，她吓得花容失色，尖叫着跌坐在地上。

一位仆人闻讯赶来，问露丝发生了什么事。露丝一把攥住女仆的胳膊，指甲都抠进了女仆的肉中。

"别……别……别碰那束白花。"露丝声音颤抖地说，"快给警察局打电话，请哈雷探长来一趟。"

哈雷探长一见露丝，就问她发生了什么事。

露丝小姐惊恐地对探长哈雷说："我不敢相信，这恐怖的白花是送给我的。"

哈雷伸手就去拿白花，嘴里还说着："我看这白花挺漂亮的。"

露丝一把挡住哈雷的胳膊："别碰，今天是我生日，居然有人送来这束白花，可是，你不知道我有三位亲人都是在生日那天收到白花后，莫名其妙地死掉了。"

这句话引起了探长哈雷的注意，就问道："露丝小姐，你不必如此紧张，我想知道你三位亲人死前的具体情况。"

露丝露出了无限神伤的表情，说："他们是我的父亲、叔父和姑母，都同我一样，早上收到了白花。他们很高兴，就将花插进了卧室的花瓶，可是次日早晨，仆人却发现他们死在床上，那种表情好像是沉睡了多年。"

"有没有请医生来看看？"

"请了，但是医生查了半天，也讲不出个所以然。"

哈雷探长点点头，又问："我可以把这束白花带走，查一查吗？"

露丝小姐忙说："我让仆人找个塑料袋把白花装好。"

等装好白花之后，哈雷说："等我一有消息，就会打电话给你，你的活动一切照旧进行，别再担心什么异常情况发生。"

哈雷没有直接回警察局，而是去了植物研究所，找到了所长。"所长，你能告诉我这是一种什么植物吗？"

所长接过哈雷探长手中的白花，仔细一看，反问道："探长，你从哪儿弄到这种花的？"

哈雷耸耸肩："一个朋友送的！"

"你那个朋友肯定是不安什么好心。"

"为什么？"

"这种花产于非洲，每到深夜，就放出一种毒雾，你根本看不见，也闻不到，会莫名其妙地死掉！"

哈雷探长顿时明白了露丝的亲人为何会死去。

哈雷探长又赶紧找到了露丝小姐，问："你有没有什么仇人？"露丝摇摇头。

"那你的亲人呢？"露丝茫然地眨眨眼。哈雷探长只好继续地追问，"你今晚举行生日宴会，是否所有亲属都来参加？"哈雷得到了肯定的回答。他又提了其他一些问题，例如继母的情况、家庭财产，等等。

到了华灯初上的时刻，露丝的生日宴会开始了。当露丝小姐出现在宴会上时，参加者都拍起了巴掌。在露丝外表的欢笑中，哈雷看到了一丝忧伤。哈雷探长在不被人注意的角落坐下，目光扫视着周围，突然他看到一个面孔黝黑的家伙，这人好像长期生活在日晒充足的地方，闪亮的眼神中透出一股忧伤的冷漠。

哈雷悄悄喊来一个仆人，低声问："那人是干什么的？"

仆人说："我们从来没见过他，或许他是露丝小姐长辈的朋友吧！"

哈雷探长站起来，走到那人旁边坐下，搭话道："先生，今天晚上，露丝小姐可真漂亮。"

那人冷笑着说："是很漂亮，她会把这种漂亮永远保持在脸上。"

哈雷说："那只是希望，人人都会老的！"

"露丝小姐不会，我会让她保持年轻。"

哈雷对这人明白了八九，掏出证件在他的眼前晃了晃："我是警探，请你跟我去警察局。"那人跳起来，转身就跑。哈雷的两个助手，还不容他反应过来，立刻将他摁倒在桌子上。

哈雷端起酒杯，喝了一口，轻轻地说："先生，你不该把非洲带毒的白花送给无辜的女孩。"

"先生，你要知道，他父亲夺走了我的情人，她被逼疯了，我仇恨他们……"

"真遗憾，我让你失望啦！"探长说着，叫助手带走了非洲来客。

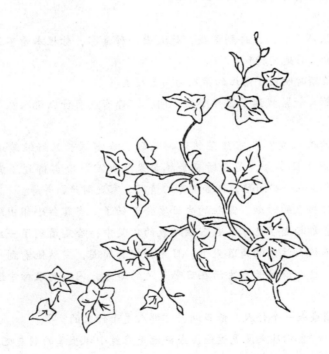

破 绽

意大利的埃米娜太太一下飞机，就住进了五星级的皇后旅馆。

登记之后，她坐着电梯徐徐升到了三楼。刚迈出电梯门，就有位小姐站在门口，要帮埃米娜拿包。

埃米娜吓了一跳，慌忙将处处不离身的小皮包搂在怀里。那位小姐不好意思地向埃米娜道歉道："真对不起，吓着您了。太太，我是三楼的服务员，您需要什么，尽管吩咐，我会让您满意的！"

服务员露出甜甜的笑，可眼睛却死死盯着埃米娜的小皮包。

埃米娜松了口气："你把我吓坏了，我没别的事，只要别打扰我就行。哦，对了，明天早上送一杯牛奶到我的房间来！"

女服务员应了一声，走了。

埃米娜此次到巴黎来是做生意的。因为手头资金紧张，一时难以周转过来，她从报纸上了解到巴黎的金银首饰价格十分昂贵，便把家中所有金银都带到巴黎，打算卖一个好价钱。别人告诉埃米娜，最不显眼的地方往往最安全。她就将金银首饰放在了陈旧的手提包里，脸上故意表现出很轻松的样子。临睡前，埃米娜关好房门，拉上窗帘，把首饰倒在床上，连数三遍，确认没错，才放下心来。

由于白天的奔波，埃米娜早早进入了梦乡，睁开眼时，已经到了八九点钟，她就按电铃叫女服务员送牛奶来，自己进了洗漱间。

埃米娜在洗脸时，听见门开了，以为是服务小姐送牛奶来了，便没在意。

埃米娜在嘴唇上精心地涂抹着口红，忽听门外传来一声惨叫，接着"扑通"一声响。埃米娜猛地想起自己的金银首饰还在外面，一颗心不由得提到了嗓子眼，她慌忙奔出去。

只见服务员小姐躺在地毯上，额头上鲜血直冒，她紧紧闭着眼，已经失去了知觉。

埃米娜再往床上一看，更是大吃一惊，装金银首饰的手提包不见了……

"那可是我全部的家产呀！"埃米娜双腿一软，瘫倒在地。

10分钟之后，接到报案的警长德拉克赶到了。此时，服务员已经苏醒过来，医疗人员正在给她的头上缠绷带。

埃米娜双唇哆嗦着缩在沙发一角，喉咙里反反复复地咕哝着几个字："我完了，完了……"

警长德拉克看见埃米娜神志不清的样子，便无奈地摇摇头，将目光转向了服务员。

"小姐，你能把刚才的情况讲一遍吗？"

头部受了伤的服务员单手支着脑袋，吃力地说："刚才，埃米娜太太让我送一杯热牛奶。我打开门，猛地听到身后有一阵风声，没等我反应过来，就感觉到一个硬邦邦的东西砸在了我的额头上，紧接着，我摔倒在地，便什么也不知道了！"

"小姐，你能向我描述一下袭击你的那个人长得什么样？"

"我没有看见他的脸，但我猜想那是一个男的！"

德拉克倒背着手，在房间里来回踱了几步。这就难办了，地毯上查不出脚印，而且罪犯也没留下指纹。

"小姐，在这件事发生之间，你有没有发现什么异常情况？"

服务员的头好像又突然痛了起来，她"哎哟"直叫。

德拉克只好停止了问话。他环视了周围一圈，目光停留在床头柜上的那杯牛奶上，然后，他端起牛奶，仔细看了两眼。

这时，宾馆的经理殷勤地说："警长，您大概是口渴了吧，我叫服务员给你换一杯，这杯凉了。"

德拉克警长问道："这杯热牛奶就是刚才送给埃米娜太太的吗？"女服务员点点头。德拉克警长嘲讽地说："服务员小姐，你别再演戏了，交出你的同伙吧！"

女服务员猛地从座位上站起，她头也不疼了，反问道："你是说我偷了埃米娜太太的手提包？"

德拉克冷笑着说："你别那么紧张，你说刚进门，有人用硬物砸在你的额头上，你倒在门口，那我倒想问问，这杯牛奶怎么会好端端地放在床头柜上，请给我解释一遍。"

"这……"

　　女服务员哑口无言。原来，刚才她进屋后，先将牛奶放好，然后顺手牵羊，偷走了手提包，交给了门外的同伙，最后来了个苦肉计——故意让同伙用棍子把自己打晕，但她没料到，一杯小小的热牛奶，竟让自己露出了破绽。

故技重施

离意大利首都罗马不远，有一个古老的小村子，村子中央有座古堡式的花园别墅。别墅属于一个骑兵军官的遗孀莫奈尔太太。莫奈尔太太已上了年纪，讲话都有些含混，她天天唠唠叨叨："我不能再要这个别墅了，它里面闹鬼！"

别人都以为莫奈尔太太老糊涂了，认为她在开玩笑。可就在上个月，这个产业已转给莫奈尔太太的好朋友马蒂诺了，众人都说莫奈尔太太吃了亏。

莫奈尔太太直摇头，告诉了众人一段奇异的事。

原来，这古堡厅里有一只笨重的老式橱柜，在客厅没有人时，会自动移动到客厅的中央。当人们费了九牛二虎之力将它搬回原地后，它仍会"跑"到客厅中央来。

马蒂诺先生说莫奈尔太太神经出了问题，竟然相信这种邪说，而莫奈尔太太则坚持确有其事，争执越来越大，最后莫奈尔太太反唇相讥："你不相信里面闹鬼的话，那你就到古堡来尝尝担惊受怕的滋味。"

马蒂诺也毫不相让："我住就我住，不过你别后悔！"

莫奈尔太太求之不得呢。这古堡是她当骑兵军官的丈夫在世时用很低的价格买下的。现在地价上涨，即使再便宜些出售也足以收回原来的资金，于是这个产业以时价一半的价钱卖给了马蒂诺先生。

虽然马蒂诺先生住进了古堡，人们对他却颇有微词，认为他占了一个老太太的便宜。马蒂诺却厚着脸皮说，这是周瑜打黄盖，一个愿打，一个愿挨。他这话没讲两天，那个"搬橱幽灵"便来打扰他了，弄得他整日无精打采，心神不宁。这个便宜真不好占，马蒂诺只好请罗马著名的大侦探米歇尔来解决疑难，从而平定舆论，安定情绪。

米歇尔到古堡后，马蒂诺先生迫不及待地拽着他的手，把他拉到了客厅，指着大橱子气愤地说："就是这家伙，总是从这个墙角自动地来到客厅的中央。"

米歇尔围着大橱子转了几圈，再用手摸摸它，除了样式老了一点外，大侦探没发现任何特殊之处。

大侦探弯下腰，双手托着橱底，使出了吃奶的劲想把它抬高一些，可惜的是大橱子只挪动了一丁点，看样子没有两三个人，休想将它搬到客厅中央去。

"哟，这个幽灵还是个大力士呢！"米歇尔拍拍手上的灰尘，幽默地说。

马蒂诺苦笑着："米歇尔先生，你还有闲心同我开玩笑！"

"没关系，我今晚守在这儿，看看这个幽灵怎么搬橱子。"

夜色越来越浓，米歇尔就守在客厅里，马蒂诺先生则回到卧室休息去了。米歇尔将凳子搬到了大橱子旁边，然后用绳子把大橱子拴了起来，另一端系在了自己身上。

这一夜，那只古老笨重的橱柜纹丝未动。

天边泛出了鱼肚白之后，米歇尔外出散步了五分钟，回到客厅时，那只橱已从壁角"跑"到客厅中央。咦，谁的速度这么快？力气又这么大？

米歇尔挠挠头，百思不得其解，他看看四周，却没有其他人。

这时，洗手间里传来了马蒂诺先生的洗澡声，米歇尔仔细一想，不由得笑了。

马蒂诺先生洗完澡出来，看到客厅中央的橱柜，急着问："你看见幽灵了吗？"

米歇尔抓住马蒂诺的手，喊道："快跟我来，幽灵在那边的小屋里。"其实他只是出其不意地把马蒂诺的手提到自己鼻子下闻了一下，然后开怀大笑："幽灵就是你！"

原来，米歇尔从马蒂诺的手上闻到了黑肥皂的味道。古堡大厅的地板是打过蜡的，再往橱脚上涂上黑肥皂，轻轻用手一推，就可以将橱柜移动了。

"你手上的黑肥皂味道向我证明了这点！"米歇尔说罢，往墙角倒了一杯水，那水缓缓流动，但到了厅堂中央就不再流动了，显然这厅堂的地板有着一个轻微的倾斜度，推动橱柜就更容易了。

"马蒂诺先生，你是这样做的吧？"

马蒂诺抬起越来越红的脸，理直气壮地说："那位骑兵军官也是用这种方法廉价买下古堡的，我不过使用了别人用过的办法，我们是公平买卖，都签订了合同，又没犯罪，你根本告不了我！"

  米歇尔说："你这个故技重施的卑鄙手段，能使你声誉扫地。"

  马蒂诺垂下了头，说："我不该请你来，现在真是搬起石头砸自己的脚。"

  米歇尔听罢哈哈大笑，带上门，扬长而去。

地下的文物

意大利的佛罗伦萨，是世界著名的历史名城。这里有家博物馆，既气派又宏伟。里面陈列了许多艺术家的珍贵作品，还有大量颇具历史价值的文物。

这些文化艺术珍品，以它们特有的魅力，吸引着成千上万的观光者。站在它们面前，人们无不啧啧称奇，深深为那些智慧的结晶而折服。

与此同时，这些稀世珍品的光芒同样也照亮无数双贪婪的眼睛。

他们垂涎三尺，纷纷把魔爪伸向了珍贵的文物，梦想从它们身上大发一笔横财。

为此，博物馆馆长不得不花费巨额资金，设置多道防卫系统，来对付那帮打坏主意的强盗和小偷们。

防卫设施准备就绪，馆长还是不放心，于是又请来几个武艺高强的人日夜看守着珍品。终于，博物馆馆长缓缓地长吁一口气，心想，这下他的那些宝贝可就安全多了，他也不必整日整夜地惴惴不安了。

一个深秋的夜晚，博物馆馆长大叫一声从噩梦中惊醒。他擦了把头上的冷汗，下了床，穿好衣服。他得立即去一趟博物馆，刚才做的梦太让他害怕了。他梦见一群蒙面的黑衣人冲进博物馆，把他那些宝贝儿扔得满地都是。为首的家伙向手下发令：“把能烧的全部烧掉，烧不了的就砸……”他的博物馆顷刻间满地瓦砾、灰烬……

等到年老的馆长急匆匆地赶到博物馆时，他才放了心，博物馆内并没有浓烟滚滚，一切只不过是场梦，他一边骂自己傻瓜，一边去找值班的看守，要把这笑话说给他听。

看守偎在楼梯旁睡着了，而且睡得很死，怎么推也推不醒。

“不好！”老馆长心中“咯噔”一下，他意识到事情真有些不妙，便飞奔到博物馆的展品陈列室，一查点陈列品，顿时傻了眼。

　　博物馆内的十几件珍贵的艺术品不见了，其中有一尊文艺复兴时期的人头雕像也被抬跑了。

　　老馆长伤心欲绝，愣了好半天，他才想起向警察求助，于是，跌跌撞撞地往警察局方向奔去。

　　意大利警方接到报案后，立即着手侦察。他们成立了一个专破此案的侦探小组，探长尼万斯任特别侦探小组的组长。

　　他们断定这是明显的团伙盗窃案。盗贼们以完全现代化的作案工具，突破了馆长精心设置的各种防护网。然后，用迷香熏晕了看守，将大批珍品人不知鬼不觉地盗去。

　　"我一定会抓住那些强盗！"尼万斯向沮丧的馆长下了保证。于是，他带领十八名精明强干的刑侦人员，分头查找案件的线索。

　　半个月之后，他们终于查出失窃文物的下落：盗窃团伙将这批艺术珍品藏在佛罗伦萨城外一个叫卡罗索的小农场主的院子里。他们已将文物深埋到地下，准备待风头过去，再把它们卖给国外的一个亿万富翁。

　　尼万斯带领特别侦探小分队，以迅雷不及掩耳之势，包围了卡罗索的小农场。当小分队一出现在卡罗索的院子里，尼万斯就注意到，卡罗索的一双贼眼骨碌碌直往院子里的地上扫。"文物可能就藏在院子里。"尼万斯心中暗暗地念叨。

　　"卡罗索，老实告诉你，我知道你把东西藏到哪里了。主动交待吧，在我动手之前，把它们交出来，你将得到减刑。"尼万斯正言道。

　　可是，卡罗索根本不理会尼万斯的话。他头仰得老高，鼻孔朝天，不屑一顾地哼了一声。看来，要让卡罗索这样的人招供是不容易的，只有自己把那些文物挖掘出来了。

　　可是，这院子太大了，尼万斯不知道从哪里开始挖起。

　　卡罗索冷冷地在一旁嘲笑着，一副非常得意的模样。"挖吧，我把它们埋得那么深，几乎都有两人深，能找到就算你们的本事。"卡罗索在心里说。

　　这时，尼万斯眼睛一亮，想出了一个好办法：用水浇。

　　他命令队员们到卡罗索家拿来面盆、水桶，将水分别浇在墙角和院子里的干泥土上。泥地全湿了，不久，水渗下去，又渐渐干了。可是，有一块地方却干得很慢，还是那么潮湿。尼万斯命令几个队员，从这儿一直往下挖。没多久，一只用蜡密封的大铁箱被挖了出来，被盗的文物全在里面。

"该死的，你真聪明！"卡罗索恶狠狠地说了这句话，就被队员们牢牢地铐上了。

事后，尼万斯告诉伙伴，他一进院子，就看到农场主眼睛看着地，所以才确定文物就在脚下。用水浇在地上，如果四周先干，当中还有点湿，说明下面有实物挡着水，那儿可能埋着东西。

狂欢节的厄运

明天就是狂欢节了。午饭后，安东尼把侍候他的几个年轻仆人叫到面前，和气地说："你们整天都陪着我这老头住在这里，一定很没劲。我猜你们一定想下山去过狂欢节，对不对？"

仆人们你看我，我看你，谁也不做声。"我要放你们三天假，让你们玩个痛快！"安东尼宣布。仆人们立刻高兴得跳起来。刚才，他们还在琢磨用什么谎话来说服老头准假呢，这会儿不用费神了。

安东尼住在一套山间别墅里。这里风景秀丽，空气清新，又没有吵人的火车声。对于热爱自然的安东尼来说，真是再好不过的家园。

安东尼的儿子们却不喜欢这里，他们全都搬进了繁华的大都市。安东尼太太几年前就病死了，只有这几个仆人陪他住在这一所大房子里，照料他的生活起居，安东尼从心里感激他们。

早晨起床后，仆人们都走了，安东尼自己动手做了份早餐，惬意地吃着。收拾完碟、盘，安东尼觉得无事可做，于是，从仓库里提出一大桶油漆，他要趁家里没有人的时候把门廊、台阶和窗框都刷上新薪薪的油漆。

这房子有很长时间没有修理过了，看起来，它显得有些破旧。安东尼卷起袖子，说干便干起来。

一个小时后，安东尼已经漆好了台阶、窗子和门，只剩下高高的门廊了。他搬来一架四米高的木梯，提了罐油漆，一步一步登上了梯子。这时，他发现有个人出现在围墙外头。

"喂，那是保罗吗？难道你没有下山过狂欢节？"安东尼以为是男仆保罗回来了，便接着说，"这样也好，给我搭把手，把屋里的新刷子递给我，不过，你得跃过台阶，我刚刚给它上了漆……"

"老头，你凭什么这样冲我吆喝，我梅卡现在可不是你的仆人了。"

是梅卡？安东尼定睛仔细地看了看，果然是梅卡。安东尼心想：他来干什么？梅卡曾经也做过安东尼的仆人，可是他好吃懒做，还把安东尼的东西偷走卖了不少，被安东尼发现后，便辞退了他。

梅卡慢慢踱到安东尼脚下，恶狠狠骂道："你这老东西！原先我在你家干活时，你那样狠毒地对我，还撵走了我，弄得我常常饿肚子。今天，我要你尝尝梅卡的厉害……"说完便将双手搭在安东尼脚踩的梯子上，发疯地摇晃着……

四个小时后，梅卡在城里坐进了熟人亨特的车子出城去。

亨特是警察局的便衣，他曾从梅卡口里了解了不少罪犯的线索，所以，他们非常熟悉。

"亨特，麻烦你把车拐到山上安东尼的别墅一趟。"

"我还有急事，要不你先下车。"亨特说。

"求求你送我一趟吧，我想到他家里取回上星期从我这里借走的钓竿。周末，我要去钓鱼呢！到时，送两条新鲜的活鱼让你尝尝鲜，行了吧！"梅卡觍着脸恳求道。

亨特只好答应下来。

不一会儿，亨特和梅卡到了安东尼的别墅前。亨特的车子还没停稳，梅卡便跳下车，径直向安东尼的大房子跑去。

梅卡穿过草坪，从四级台阶旁纵身一跃，跳到门廊前，急急地按响了门铃。没有人。

"也许主人睡着了，你不妨大声敲门，他听在耳里一定会比门铃的声音响得多。"亨特站在汽车旁给梅卡出着主意。

梅卡却好像没听见，他绕到旁边的窗户旁，"嘭嘭"地敲着窗玻璃，高声叫道："安东尼先生，安东尼先生！"突然，梅卡跳下台阶惊叫："不好了！安东尼先生他……他倒在树丛里了。亨特，快过来呀！"

亨特应声跟着梅卡来到门廊左侧的树丛后面，只见安东尼先生仰面倒在地上，一架长梯子压在他的身上，有一桶白漆正好倾倒在他的衣服上。

"他死了，你瞧，连脖子都摔断了。"梅卡哭丧着脸冲亨特道。

亨特仔细在周围看了看，用手摸了摸白木支架、前门以及四级台阶和窗框、门，又拾起掉在地上的油漆刷子摸了摸，还很粘手。

"他大约死了四个小时了。"亨特断定。

"安东尼先生是个大好人，没想到他竟活活地摔死了。一定是他人老眼花，失足掉在梯子下。"梅卡似乎很难过。

"梅卡，你还不打算承认杀死了他？"亨特突然厉声喝道。

原来，亨特发现梅卡来到这里，不踏台阶，纵身跃上走廊，又跳了下来，不敲门窗而敲玻璃。这说明他知道门和台阶是刚刚油漆的，证明他当时就在现场。他回城后又搭亨特的车到这儿，装作同时发现安东尼的死亡，只不过想证明他不是凶手。

七只黑猫的秘密

　　奎恩探长在宠物店里发现了一件怪事。双腿瘫痪、性情古怪的老太婆尤米娅竟连着买了六只猫，她每个礼拜买一只，但是她却非常讨厌猫，真搞不清她想做什么。听完服务员柯莉小姐的谈话，奎恩便决定去查个水落石出。

　　尤米娅公寓门口放着两瓶未动过的牛奶，是昨天和今天的。奎恩感觉到事情有些不妙，他找来了管理员波特的太太。

　　打开门，他们看见尤米娅的床上杂乱一堆，床单被拉开，褥垫的一角也被割破了，床底下的地板上放着一个盆子、刀叉和只剩了一半的食物。但是尤米娅老太婆却不见了。

　　波特太太自言自语道："加上尤米娅姐姐莎娜送的那只猫，应该七只，可它们都到哪儿去了呢？"

　　奎恩使劲吸吸鼻子，闻到一种臭味，循着臭味，他推开浴室的门。天哪，一只很大的绿眼黑猫躺在血泊里，几只苍蝇正围着它嗡嗡打转。

　　波特太太叫了起来："这老妇人真残忍！"

　　原来，尤米娅很有钱，她不信任银行，却把钱藏在身边，还怀疑姐姐莎娜想偷她的钱。

　　这时候，奎恩又返回卧室，检查那些从床底下拿出来的餐具和托盘，但是这些光滑的镀银器皿表面却没有一点指纹的痕迹。真奇怪，尤米娅是在床上吃饭的，只有她使用这些东西。是谁揩掉了指纹呢？

　　他们正在谈话的工夫，管理员波特走进来，他也讲了一条线索，说地下室的焚化炉里几乎每周发现一只死猫。

　　奎恩郑重地点点头，托着下巴沉思了片刻，一个讨厌猫的老太婆为什么买那么多猫，再杀死它们，这出于什么目的呢？

　　奎恩突然一拍桌子，兴奋地说："她肯定是为了自卫。她让猫去尝试她的食物，然后再确定有没有人下毒。这样，每当一只猫死去，毒害尤米娅的企图也就失败一次，这样的企图只有在第七次，也就是到了尤米娅失踪，才是成功的一次。凶手第七次时换了一种手法，在餐具上涂上了一层无色无味的剧毒物。当尤米娅把无毒的食物丢给猫吃时，自己却使用了有毒的餐具，于是被毒死了，但尸体又到哪里去了呢？"

一旁的波特冷笑两声："奎恩探长，照你这么讲，肯定是离尤米娅最近的人啰。依我看，把她姐姐莎娜抓起来，肯定错不了！"

奎恩探长拍拍波特的肩，说："波特先生，别这么早下结论，过一会儿，谁都能见到凶手了。"说完话，奎恩探长给警察局打了个电话，让他们派几个警察来。

打完电话，奎恩在房间里踱了几步，大声说："从现在开始，没有我的同意，谁也不能离开这儿！"

波特丝毫不理睬奎恩探长，不屑一顾地说："你顶多不过是个探长，根本没权利限制我的人身自由。"

奎恩急了，掏出手枪，顶住波特的太阳穴，说："瞧见没有，这就是我的逮捕证。实话告诉你吧，我曾怀疑过莎娜，但是她那么喜爱猫，不可能残忍地把第七只猫杀死，只有杀猫的人才可能是凶手。凶手能在一个多月的时间里不断地放毒物而不被人怀疑，这个凶手一个多月来在这里修理房子、看管焚化炉，而且他有整座公寓的钥匙，因而在谋杀了人以后能神不知鬼不觉地把尸体处理掉……"

波特太太捂着嘴，瞪大了惊恐的眼睛。奎恩顿了顿，左手突然朝波特一指，喊道："他就是大楼管理员——波特！"

波特朝后倒退了几步，故作镇静，笑嘻嘻地说："怎么可能，怎么可能呢？探长，你真会开玩笑！"话音未落，知道阴谋已经败露的波特面露凶光，从怀里抽出一把匕首，朝奎恩直扑过来。奎恩朝天鸣枪，可波特根本不睬，幸亏奎恩早有准备，闪身避开了他，并抬起腿，一脚踢飞了波特手中的匕首。

正在紧要关头，一群警察冲了进来。波特见大势不妙，一猫腰，跳上窗台，准备翻过外面的铁栏杆逃走。奎恩一个箭步跨上前，拦腰抱住波特。

波特左扭右扭，也挣脱不了奎恩的铁钳。他要拼个鱼死网破，使劲一端窗户，朝后仰过去。奎恩探长也被掀翻在地。

没等波特爬起来，警察们的几只黑洞洞的枪口已经瞄准了他。

奎恩从地上爬起来，拍拍身上的尘土，叹了口气："唉，恐怕尤米娅的姐姐莎娜也被这个魔鬼……凶手的企图是想造成莎娜杀害尤米娅的假象，可能被莎娜发现了。"

被按倒在地的波特狂笑两声，说："是我杀了她们，我还取走了钱，你们什么也别想得到。"

奎恩托起波特的脸，一拳狠狠砸过去，波特嘴角立刻溢出了鲜血。

奎恩说："这个家伙不可能取走钱，他的速度没那么快！"

果然，没过多久，警察们就在尤米娅的一本书里找到了她的财产。波特终于受到了应有的惩罚。

失窃的钻石

波克尔珠宝店被盗了。黑格警长赶到现场时，门口已围了很多人，有警察、记者，其中一个年轻人正拽着位警察神情激动地在讲着什么。

那位警察见了黑格警长，便向他介绍了这位年轻人。年轻人叫汤姆，是这个珠宝店的雇员，昨天夜里正好轮到他值夜班。钻石丢失之后，就是他第一个发现的，也是他打电话向警察局报的案。

黑格警长握了握汤姆的手，说："多谢你报了案，我想先看看现场，麻烦你等一等，过一会儿，我再找你谈。"

这时，天空已经大亮，黑格警长命令警察们守好，不要让围观的人弄乱了现场。

黑格警长进了珠宝店，走到橱窗前。橱窗里的那两颗钻石不见了，而留在橱窗上面的是一个边缘很光滑的圆洞，看起来小偷一定是从那个洞伸手进去，将钻石偷走的。橱窗前的地面上有一片碎玻璃渣子，很显然，这是小偷挖玻璃的时候掉在地上摔碎了。

黑格警长捡起一块碎玻璃看着。这时，站在一旁的经理愁眉苦脸地说："警长，您无论如何也得帮我找回钻石，店里所有的宝石加在一起，都不如那两颗价值高，那可是我一辈子的心血！"

黑格警长点点头，然后在店里转了一圈，便去找汤姆。

汤姆正坐在一个单人房间里抽着烟，他一见警长，又情绪高涨起来。"警长，我有重要线索向你报告！"还没等警长说话，汤姆便迫不及待地讲了起来。"昨天夜里，噢，不，应该是今天凌晨，当时我睡得正香，突然被玻璃打碎的声音惊醒，我以为是风作怪，就去关窗子，但窗子玻璃都好好的。我不放心，就打开店门，出去检查橱窗的玻璃。我头脑里有种不祥的预感，后来我踩到了地上的那堆玻璃碎渣，但还是不敢相信那是真的，可那的确是真的……"

黑格警长认真地听着，忽然，他的手指敲敲桌子，说："请你把时间说得再准确一点儿。"

"幸亏我看了看手表，我听到玻璃被打碎的时间，我想……不，我敢肯定是5点20分到5点30分。"

"可是我们接到你的电话时已经是差4分钟到6点，这半个钟头，你干了什么？"

"两颗最值钱的钻石不见了，我的头都大了一圈。后来，我才慢慢地清醒了一些，我觉得那个小偷一定是趁我在屋里检查窗户的时候逃走了。好在时间还不算太长，小偷可能还没跑远。我就去追，我老是看见前面一个黑影，但怎么也追不上，后来，黑影就像被橡皮擦掉一样，没啦！"

"你能再给我们提供一些那个黑影更详细的线索吗？"

汤姆四下瞅瞅，疑神疑鬼的，他压低嗓子说："警长，我怀疑一个人，但不知道能不能讲？"黑格警长点点头。

"两个星期前，我一眼就认出那个人准不是什么好人。大阴天的，还戴着副墨镜，警长，你说他戴着墨镜看了半天那两颗钻石，肯定有所企图。"

汤姆说到这里，突然变得激动起来，手舞足蹈地从椅子上跳起来。黑格警长向汤姆摆摆手，示意他坐下，又接着问道：

"你能描述那个人的特征吗？"

"中等个儿，30来岁，一脸络腮胡子，刀条脸，厚嘴唇，对了，嘴唇下还有颗指甲盖那么大的痣……"

没等汤姆说完，黑格警长就打断了他。

"够啦，根据你所说的这些情况，我已经弄清楚罪犯是谁了。非常感谢你为我们提供了这么多有用的线索。"

汤姆挠挠头，说："那，探长，我先走了！"

汤姆转身去开房间的门。

黑格警长突然呵斥道："汤姆，别跑，快交出钻石！"

汤姆吓得一激灵，回过头，笑嘻嘻地说："我怎么可能是小偷呢？"

黑格警长冷笑一声，掏出手铐，锁住了汤姆。

汤姆气急败坏地吼道："黑格，你凭什么抓我，我要告你！"

原来，根据现场分析，橱窗玻璃上的那个洞是用玻璃刀割的，最大的嫌疑犯是汤姆讲的那个黑影。

但是如果那个黑影想偷走钻石的话，只能站在外面用玻璃刀割玻璃，然后将玻璃轻轻推掉，推掉的玻璃毫无疑问地会落在玻璃橱窗里面，但现场情况恰恰相反。根据碎玻璃的方向，可以确定那两颗钻石一定是从橱窗里偷走。昨晚值班的，只有汤姆。

汤姆听完警长的解释后，便像泄了气的皮球，瘫在地上。

贪杯的小偷

美国著名的化学家罗斯曾研制出多种化学产品，在世界上拿过很多专利，成了当地的名人和百万富翁。

罗斯不仅钻研化学，而且还有众多的业余爱好，其中最吸引他的就是收藏世界名画。他几乎花了自己收入的一半，买了许多世界名画挂在客厅里。

有个小偷对罗斯的财富早已垂涎三尺，只要能偷到罗斯家中一幅世界名画，那下半辈子就不用干活了，可以尽情享受人生。

小偷计划了多日，胸有成竹地认为，经过数日的准备，自己绝不会失手。小偷挑了个月黑风高的深夜，换上不显眼的灰色衣服，像只猫一样爬过罗斯家的院墙，溜进了院子。

小偷伏在地上，东瞅瞅、西瞅瞅，院子里除了风声，再也没任何响动。小偷知道他昨天已毒死了罗斯家的看门狼狗，罗斯不可能这么快再买一条。

别墅各个房间的灯都已经熄灭，估计罗斯全家和仆人们都进入了梦乡。

小偷从腰间解下飞爪，使劲抡圆了它。飞爪带着风声，钩住了别墅屋檐的一角。小偷拽拽绳子，飞爪已经牢牢地钩在了上面。

罗斯放名画的地方在书房，而书房在别墅北面的二楼，小偷两腿蹬墙，双手拽着绳子，一步一步地向上移动。到了二楼，小偷一个跟斗，翻进过道。

透过过道的玻璃，可以朦朦胧胧地看见书房中的摆设。小偷又摸出一把玻璃刀，划下了一块玻璃，然后钻进了书房。

书房四壁挂满了名画。小偷喜不自禁，他挑选了衣架子后面的一张，卷起来，打算从原路逃走。这时，小偷的眼光瞟到了桌上的一瓶高档名酒。这瓶名酒，小偷在商店里见过，价格不菲。嗜酒如命的小偷看看手表，时间还早，他迫不及待地拧开酒瓶，仰起脖子喝起来，一来解馋，二来壮胆。

忽然，门外有响动。小偷吓得一弯腰，闪身藏在了沙发后面。大概是仆人听到有什么响动，来巡视了。

小偷的一颗心都提到了嗓子眼，他生怕仆人推门进来，发现名画被盗。好在仆人的手电只是马马虎虎地在房间中扫了一圈。听着仆人渐渐远去的脚步声，小偷长长松了口气。

我要赶紧溜走，待得时间越长，危险就越大，小偷暗想。他把酒瓶的盖子盖好，将酒瓶塞进包中，顺着原路，以最快的速度溜走了。

小偷逃走时，暗想：这回收获真不少，除了名画，罗斯先生还留了瓶名酒来犒劳我。

第二天一早，罗斯像往常一样，来到书房欣赏他的名画。罗斯一张张地看，突然，他发现衣架子后面竟是一片空白。罗斯惊出了一身冷汗，他并不在乎损失买这幅名画的钱，而是这幅名画实在是他的心爱之物。罗斯立刻向警察局报警。

纽约警察局派警长乔尼组织破案。乔尼在屋子里转了一圈，经过仔细调查现场，乔尼没有发现罪犯留下任何指纹和其他线索。乔尼沉思片刻，叹了口气："我们遇到的是个偷盗高手，他是经过详细计划才动手的。"

罗斯用期待的目光望着乔尼说："警长，你一定要帮我找到那幅画。"

乔尼点点头，问道："罗斯先生，你是主人，应该知道房间里还丢了什么东西。"罗斯茫然地摇摇头。

乔尼吸吸鼻子："罗斯先生，你平日还喜欢喝点儿酒？"

这句话顿时提醒了罗斯，他一下子站了起来，说："对了，我昨天刚买了瓶名酒，放在桌上，才喝了一丁点儿，现在也不见了。"

"看样子，小偷还是个酒鬼呢！"乔尼说，"我们干脆让小偷自投罗网。"罗斯疑惑地盯着乔尼。乔尼神秘地附在他的耳旁低声说了几句，罗斯的愁眉苦脸上立刻绽开了笑容。

罗斯按乔尼的吩咐，以一位化学家的身份，用充满人道主义的口吻写下了一段文字，并寄给了报社。

次日，报纸上刊登了罗斯的这段文字：本人是位化学家，前日家中被盗，盗贼偷走了一幅世界名画和一瓶名酒，殊不知那瓶酒里装的是我正在研制的一种有毒的液体，谁喝了，不出五天就会中毒身亡。我请求同我一样喜欢名画的朋友尽快到罗斯家中服解药，否则生命危险……

小偷看了报纸后，当天下午就来找罗斯了。

报警炸弹

有很多人为了发财，不择手段，铤而走险。这天中午，一个中年汉子突然冲进美国圣查尔斯市的一家银行。

"趴下，统统给我趴下！"中年汉子端着冲锋枪，大声吆喝道。

当时银行的大厅里只有为数不多的几个顾客和营业员，他们看见眼前的景象，知道遇到了劫匪，如果不按他的吩咐去办，劫匪手中的枪可不长眼睛。

这个劫匪头上裹着一个头套，头套上只露出两只眼睛，谁也无法看清他的长相。

劫匪砰的一声关死了大门，然后他一只手举着枪对着趴在地上的人，另一只手迅速从腰间拔出匕首，割断了报警线。

"你们谁要敢动，我就当场打死他！"劫匪取出一只大旅行包，扔到了柜台上，"把保险柜打开，把现金给我装进去！"

被枪指着的那个戴眼镜的男子是经理，可他连连摆手："我不是管事的，我没有开保险柜的钥匙。"

劫匪冷笑两声："我都观察几天了，你是经理，你有保险柜的钥匙，你再给我玩花招，就是这个下场。"

劫匪的枪口转向了花瓶，一串子弹将花瓶打了个粉碎。

"瞧见了没有，我的枪装了消音器。"

经理颤巍巍地接过皮包，突然，他操起板凳拼命砸向了劫匪。

劫匪一抬枪，子弹击中了经理的胳膊。经理惨叫着跌倒在地。

"就你这个熊样，还想当英雄！"劫匪狂笑不止，"还有没有要找死的。"

这下，趴在地上的人更老实了。

劫匪指指旁边的女职员，吼道："你！把他口袋里的钥匙拿出来，打开保险柜。快，快一点！"

劫匪冲进柜台，狠狠给了女职员一脚。

女职员哆嗦着打开了保险柜，把里面的钱塞进了大旅行包。

"还有没有钱？"劫匪并不知足。

女职员望着头顶上黑洞洞的枪口，连牙齿都打起了颤。她点着头，连滚带爬地冲到柜台边，拉开了柜台的抽屉，取出两沓钞票。劫匪不由分说抢过钞票，随手塞进了上衣的口袋。

抢完银行的钞票，劫匪的注意力又集中到了顾客身上。他看中了一个老太婆脖子上的项链，便一把拽了下来。

"还有，把戒指脱下来。"

劫匪的冲锋枪点了下老太婆的脑门，老太婆竟吓得晕倒在地。

抢完所有的东西，劫匪高兴地掂掂肩头旅行包的重量，心满意足地撞开门冲了出去。

看着劫匪逃走了，几个女职员赶紧围到经理身旁。

"别管我，赶快追，赶快报警！"经理声嘶力竭地喊道。

女职员们这才意识到这点，慌忙抓起了电话。

劫匪冲到街道上，拉开停在路口车子的车门，将旅行包扔了进去，然后才一屁股坐进了驾驶室。

"真想不到，这么快就发财啦！这回，我可成了富翁，可以周游世界啦！"劫匪的嘴都笑得合不拢了，他一把扯下头套，扔在了一旁，迅速将汽车发动了起来。

接到报警的警察正以最快的速度赶往现场。

冲到门外的女职员指着劫匪的轿车，对警察喊道："快开枪，就是那辆红色的轿车，他要逃了！"

可是街头的行人很多，警察怕误伤了行人，只好朝天鸣枪，示意匪徒停下车。

"想抓我，没门！"劫匪暗自嘀咕了一句，然后，他一踩油门，小轿车便冲出了停车道。

抢劫犯将车开得飞快，突然，意想不到的事发生了。

轿车里竟发出了刺耳的爆炸声，顿时，车子里浓烟滚滚。

劫匪根本搞不清发生了什么事，他不知道上衣口袋里什么时候被塞进了一颗微型炸弹，随着一股强大的气浪，红色浆液溅了他一脸。在这短短的瞬间，车子失控了，竟一头撞到电线杆上。

劫匪提起大旅行包，打开车门夺路而逃，他连枪都忘了带，还没走出几步，一群全副武装的警察把他包围住了。

劫匪慌忙跪在地上，喊道："别开枪！我投降！"

这时，银行女职员挤了进来，说："你做梦也没想到吧，我给你的钞票，可是最新的科技产品——薄型炸弹，五分钟左右它会自动爆炸，然后在你身上留下红色标志！"

听完这话，劫匪呆若木鸡。

特写照片

警长雷利刚端起饭碗，外面就响起了一阵急促的敲门声。

敲门的是洛杉矶银行总裁洛斯，他一脸焦急，进门就嚷道："你快跟我走一趟，我的女儿黛安娜被歹徒绑架了，他们要20万美元才肯放人。"

雷利根本不认识洛斯，就打断了他的话，问："你是谁？"

洛斯这才想起要介绍自己，他递上了自己的名片。

"我是从报上看到你抓匪徒的事，才决定来找你，我去了警察局，但他们说你下班了，所以……雷利警长，这可是人命关天的事，你无论如何要帮我。"

雷利点点头，示意洛斯坐下来，把经过仔细讲一遍。

"我有两个女儿，大女儿就是黛安娜，她早上和孪生妹妹一起去上学，就没回来了。""这是什么时候的事？""昨天。今天，我就接到了绑匪的电话。""你给了钱没有？"洛斯摇摇头，他知道绑匪拿到第一笔钱后，不会把女儿放回来的，只会无休止地勒索下去，最后黛安娜的性命能否保全，还是个问题。

雷利倒了一杯水，放在了洛斯跟前。

"先喝口水，不要太着急，我也是做父亲的，理解你此刻的心情。"

洛斯脖子一仰，将杯中的水喝得干干净净，然后他擦了把嘴，握住雷利的手，请求说："你快去抓他们，救救我的女儿吧。"

雷利微笑着说："我又不是神仙，不知道劫匪在哪儿，现在我们要做的是赶快想个办法。"

"我头脑乱极了，根本不可能静下来想什么办法。"

雷利说："那我问你，歹徒是否留下了交款地点？"

"他们什么都没讲，只是叫我准备好钱，明天他们会通知我交款的地点。"

突然，雷利10岁的儿子西蒙叫了起来："爸爸，你看！"说完，西蒙捡起沙发上的画报递给洛斯。画报的封面上是一个年轻姑娘的脸部特写，西蒙指着封面上姑娘那对明亮的眼睛说："爸爸，你仔细看看。"

雷利见小孩打扰大人们的谈话，就不高兴地说："西蒙，到里面玩去，别打断我跟洛斯叔叔的谈话！"

西蒙撅起了嘴，像个小大人似的说："我不是跟你胡闹，而在同你们共商破案之计。"

雷利只好接过画报，定睛一看，那姑娘又黑又大的瞳孔里，有一个小小的人影，是年轻摄影师的脸。

西蒙倒背着手，摇头晃脑地说："这张照片告诉我们，在摄影师为他的摄影对象拍正面特写时，摄影对象的眼睛一定会有摄影师的形象。我们不妨让绑匪拍一张黛安娜的脸部特写照片，再把钱送到他们手中，剩下的事就是认认真真地通过照片中黛安娜的眼睛，认清罪犯的模样。"

雷利脑子里像电光般一闪，心里一阵激动，他不由得抱起儿子西蒙，猛亲了两口。

西蒙使劲扭着头说："不要，爸爸，不要，你的胡子扎死人啦！"

洛斯见父子俩亲热的样子，依旧是愁眉苦脸，说："罪犯肯定不会寄照片的。"

雷利说："那也不一定，就看我们怎么要求他们。"

洛斯忙问："你有什么好主意？"

"你不是有两个孪生女儿吗？你就告诉绑匪，他们绑架的或许不是黛安娜，而是她的妹妹，值不了那么多钱。然后，你再叫绑匪寄一张女儿的面部特写照片来，必须经过仔细地辨认才给钱！"

洛斯答应了，赶紧回到家中，等候绑匪的电话。洛斯走后，雷利才记起自己没吃晚饭，不由得叹了口气。临睡前，洛斯给雷利来了个电话，说绑匪考虑了一会儿，最终还是同意了。

几天后，雷利的办公桌上放着黛安娜的特写照片：照片中的小女孩，瞪着惊恐的眼睛。

雷利仔细审视着，黛安娜黑亮的瞳孔里真的装着一个小小的人影。雷利迅速地将照片输进了电脑，半小时后，经过电脑处理，照片里的小人影放大了。

经确定，绑匪是刚刚出狱的一个家伙，住在洛杉矶郊外。

警官按着绑匪的地址，包围了他的住宅，不费一枪一弹，救出了黛安娜。

绑匪做梦也没想到，是他自己把他的形象提供给了警察。

冰镇可乐

流浪汉凯特·克芬恩最喜欢纽约的夏天，一来不要忍受寒冷，二来公园的空气凉爽，睡在长条椅上，那滋味简直比总统套房还舒服。天刚蒙蒙亮，就有一双大手在拼命摇着凯特。肯定是警察，每天他们都要把流浪汉凯特赶得没处待，真烦死人！凯特懒得理他，他连眼睛都不愿睁开，打了个长长的哈欠，说："我走，我马上就走！"

"凯特，快醒醒！是我，汤姆！"凯特揉揉眼睛，坐了起来，说："汤姆你一大早就来吵醒我的好梦！"汤姆原先是个职业拳击手，因为腰部受过重伤，所以改行当了出租汽车司机。他和凯特认识了10多年。汤姆一脸痛苦的样子，嘴唇翕动着："玛丽被人谋害了，警察断定是自杀，我不相信他们的鬼话。你可要帮我调查一下。"

凯特顿时睡意全无，他一把攥住汤姆："这是真的吗？"汤姆含着泪点点头。凯特干过侦探这一行，最后一个案子就是解救了被人口贩子绑架走的玛丽，后来他讨厌警局里的腐败，就辞去侦探这个职业，做了个没人约束的流浪汉。

凯特心里也难过极了，玛丽的笑容浮现在眼前……救了玛丽之后，他认玛丽做了干女儿，每次去看玛丽，总要带几罐玛丽最喜欢喝的可乐。凯特忍住悲伤，对汤姆说："好吧，你把事情的经过讲一遍。"

汤姆蹲在地上，抱着头，慢慢地说起来：三个小时前，他上完夜班回家后，发现自己的独生女玛丽趴在写字台上，他一开始还以为女儿睡着了，可过去一看，女儿已经昏迷过去了。汤姆立刻叫来救护车，幸好她被救了过来。可是医生说，玛丽一时很难苏醒，就算苏醒过来，说不准也成了植物人。汤姆啜泣着，伸手擦了一把脸上的泪水，愈发哽咽起来。

"警察们也来了，他们说玛丽怀孕了，说这就是她自杀的动机。这怎么可能呢？玛丽是个好女孩，从来不同不三不四的男孩来往，如果她怀孕了，也会告诉我这是哪一个混蛋干的。我不相信警察，他们肯定骗了我，我的女儿不会自杀。"汤姆语无伦次地说着。

凯特双手扶住汤姆的肩头，将他搀扶起来，安慰道："汤姆，像一个男人一样坚强起来。"

汤姆将头慢慢靠在了凯特身上，带着哭腔说："我不能，我就这一个女儿，玛丽是我的支柱。"

于是，两个人慢慢朝汤姆家中走去。推开门之后，汤姆目光痴呆地望着玛丽趴过的书桌。书桌上有一台录音机，录音机旁边零乱地堆着几本书和录音带。书桌中间有几张零散的信笺，其中一张信笺上面压着掺有毒药的可口可乐瓶子。

"玛丽就是喝了这个瓶子里的汽水，警察检查过，瓶子上只有玛丽的指纹，我猜指纹肯定是凶手故意拿着玛丽的手按上去的。"汤姆说。

凯特举起瓶子在阳光下照了照，问道："这个瓶子平时放在什么地方？"

"你知道玛丽最喜欢喝可口可乐，我给她一买就是很多瓶，放在厨房的冰箱里。"

凯特径直走进了厨房，扯开了冰箱的门，冰箱中还剩三四瓶。凯特撬开一瓶，喝了一口，说："你这儿昨晚停电了吗？"汤姆摇摇头。

凯特又回到了客厅，拿起写字台上的信笺。信笺上有一首稚嫩的情诗，诗是用钢笔写的，字迹娟秀，非常整齐清晰，一点水迹也没有。"你女儿玛丽的字挺漂亮的。"汤姆眨眨眼，不知凯特是什么意思。

"汤姆，你看到玛丽趴在桌子上时，可口可乐瓶子是放在这张信笺上的吗？"

"是的。"

凯特拍了拍汤姆的肩头，说："依我的判断，你女儿的确不是自杀，我马上给警察局打电话，请他们重新调查此案。"

凯特抓起了电话，拨通了号码。接电话的警察恰巧是凯特以前的朋友。

"这个案子，你们判断错了。这瓶可口可乐不是玛丽自己从冰箱里拿出来的，而是罪犯自己带来的；或者是玛丽已经在别的地方中毒了，罪犯伪装成玛丽是在家里服毒的。"

"你有什么根据？"

"你们肯定给信笺拍了照，你仔细看看，从冰箱里拿出来的瓶子，瓶外会结有许多水珠。瓶子放在信笺上，那张纸一定会起皱，而且上面的字也会弄湿，变模糊，所以……"

经过凯特的细心分析，警察局重新调查了案子，并很快抓获了凶手。

冰冻的金鱼

炎热的夏天，太阳像只大火炉，人都快要被烤干了，个个显得无精打采。偏偏在这个时候，公司销售部门的比德被总经理叫到办公室。

"卡特先生订了一大批冷饮，怎么到现在还没有装走？都快要把我们的冰库占满了，你到他的住所去看看。"

比德满脸不高兴，嘀嘀咕咕地说："这家伙真是的，简直在拿我们开玩笑！"

没办法，既然经理吩咐了，就是外面气温100度，也得去。路上，来往行人很少，也许都躲到空调房间里去了。比德开着自己的车，来到卡特先生的寓所。

公寓管理员歪坐在会客室里，正在打瞌睡。

比德也不叫醒他，一个人走到楼梯口，电梯中没有一个人，比德走进电梯，埋怨道："你自己订的货，也不过去拿，都超过了合同上面写的日期，要是按我的想法，把那批货全部拉到街上卖掉！"

电梯很快到了四楼。比德轻轻敲了敲404号的房门，里面没有反应。这家伙肯定睡着了，倒叫我替他在外奔波。比德越想越气，干脆用脚狠狠地踹起了门，里面还是没有声音。

响声惊醒了正在打瞌睡的公寓管理员，他喝道："哪个在踢门！"

"我是四楼卡特的朋友，请你帮我把他的门打开，我有要事找他。"

管理员十分不耐烦，骂骂咧咧地上来了。

他们一起打开了卡特的门。比德走在前面，突然，他大声叫了起来："我的天呀！"

公寓管理员赶紧跑过来，看见卡特倒在朝向院子的阳台上。比德抱起卡特的头，喊道："卡特，你怎么啦？快醒醒！"

不管比德怎么摇，卡特依旧闭着眼，毫无反应。

管理员说："你别喊了，他已经死啦！"

比德顺着管理员的目光寻去，发现卡特的后脑勺被人重重打了一下，还能看见伤痕。

比德对管理员说："你赶快去报警！"

10分钟后，警察赶到了。来的几个警察中，有一个还是比德的同学，他简单地同比德聊了几句，就投入了现场侦破之中。

在卡特的身旁，有个金鱼缸被打碎了，几条金鱼已经死了。这鱼缸原来放在阳台的圆桌上面，也许是卡特反抗凶手时撞翻在地后打碎的。

这阳台的排水性极好，仲夏的阳光直接照射着。

比德自言自语道："金鱼缸洒落的水已经晒干了，而掉在地上的金鱼却还没干透，这证明金鱼缸打破后，时间还不太长。如果已经好几个钟头，在阳光直射下，小小的金鱼一定会晒干的。"

警察用赞许的目光望着比德，比德在大学里就擅长逻辑推理。

警察看看手表，现在已经三点半了。按照比德的推测，凶手刚刚逃离现场不久。于是，警察将公寓管理员喊了过来。

"你在两点钟左右有没有看见有什么陌生人出入？"

管理员摇摇头，回答道："我在打瞌睡，没在意。不过，卡特的弟弟是早上一起和卡特回来的，大约中午11点钟才离开，我还跟他打了个招呼！"

"但如果他是凶手，四个小时前就离开现场，阳台上的金鱼早已经晒干了。"警察推断说，"那他就可以排除出嫌疑人的行列。"

通过对现场的调查取证，已基本上了解了情况，但嫌疑人始终无法确定。

比德带着得到的情况，回到公司，报告了经理。经理沉重地叹了口气。

回到家中，比德的妻子正在做饭。她看见比德就说："你快去把冰箱里的鱼拿出来，今天下午停电了，还不知道那鱼化冻没有。"

比德答应着，取出了鱼，鱼依旧硬邦邦的。比德把鱼朝水池上砸了砸，溅起的冰屑喷了他一脸。比德顺手擦了一把，谁知这一擦，比德叫了起来："我知道是怎么回事了，凶手利用了一个诡计使金鱼不致被晒干。那他就可以混淆行凶时间，让自己脱身。对，肯定是这样！"比德兴奋地一拍巴掌，冲到客厅，抓起了电话。

"喂，警察局吗？今天下午发生的案件，凶手肯定是卡特的弟弟，他事先准备了几条冰冻的金鱼，带到卡特家里，行凶后，他把结了冰的金鱼放在卡特的身边，再打破金鱼缸。如此高的温度，冰慢慢融化，水早就蒸发了，所以阳台上没水渍，但金鱼还没有被晒干。"

比德放好电话，得意地笑了。

凶手不在现场

当炽烈的太阳缓缓沉入地平线的时候，美国弗吉尼亚的某个小镇的保安官正骑着马去参加朋友的晚宴。天快黑了，保安官怕赶不上时间，便决定走小路，因为这样可以省去一半的时间。

小路两侧杂草丛生，四周不见一个人影。突然，他朦胧中看见左边的土丘上，有个人背靠枯树站着，保安官朝他打了声招呼，但那人好像根本不理睬。走近细看，竟是个被绑在枯树上的牛仔。牛仔的头耷拉在一边，好像斜着眼睛在看保安官。

保安官跳下马，走上前去，他把手伸到牛仔的鼻子下一摸，牛仔不知什么时候已停止了呼吸。他的嘴被一团棉布塞住，脖子上被生牛皮缠了三道。

保安官认识这个死去的牛仔，是小镇上的无赖，专干偷鸡摸狗的事。保安官叹了口气，暗想这或许是报应。

保安官熟练地从自己的后腰上拔出短刀，麻利地割断牛皮绳，把牛仔平放在地上，对他施行了人工呼吸，但所有的急救措施已经毫无效果了。

保安官点燃一支烟，坐在石块上，望着尸体，若有所思。是谁杀了牛仔呢？被害者身上看不出任何刀砍鞭打的痕迹，惟有被生牛皮绳紧勒的三道紫褐色深痕像刀刻似的留在脖颈上。不用说，凶手正是用这根生牛皮绳把他活活勒死了。

太阳已经藏到了山那边。保安官顾不得去赴宴了，他把尸体搬到马背上，快马加鞭，直接运到几里地外的保安事务所。

经过对尸体的仔细检验，可以确定死亡时间是当日午后4点左右。

保安官陷入了繁忙的侦破工作。他对被害者连续几次作案被抓到后的笔录做了精心研究。这几次记录中，都提到了被害者的一个同伙——阿布。文字中显示，被害者和阿布不仅是相互利用的关系，还有一定的过节。

第二天，保安官在小镇的一个赌场内找到了阿布。阿布好像突然间发了横财，衣服全是新的，嘴里还叼着一支名牌雪茄。

通过盘问，阿布摆出一无所知的态度，矢口否认是他下的毒手。

"警官，昨天下午4点钟的时候，我在打牌，有好多人可以作证，再说我的胳膊也没那么长，伸到几里地外去勒死牛仔！"

保安官按照阿布提供的证人名单，一一前去调查。不料，这些人都证明阿布从昨天中午一直到尸体被发现为止始终没迈出小镇一步。既然没有作案时间，当然就得排除在嫌疑犯之外。保安官虽然可以从阿布的眼神中断定他与此案有关，但也只好无可奈何地将阿布释放。

在山穷水尽、一筹莫展的时候，保安官只得前去请教已经退休的老警官托雷。

头发掉光的老警官正眯着眼晒太阳，他听完保安官的叙述后，挑开眼皮，出神地望着远方……过了好一会，托雷才慢慢地缓过神，讲述了自己的爷爷是怎么死的。

"那时候，土匪猖獗，我爷爷为了保护牧场里的牛，和他们进行了殊死搏斗，但终因寡不敌众……土匪把我爷爷捆成了一个'粽子'用整张牛皮将他裹住，放在阳光下，让太阳慢慢地晒，牛皮就一点点收紧，最后，我的爷爷……"

托雷的话还没讲完，两行浊泪从眼角涌出。

保安官瞪大眼睛，使劲抓着头皮，突然大声说："您是讲那牛皮绳里有鬼！"托雷点点头。

保安官拿出那根牛皮绳，交给了托雷。托雷颤巍巍地将牛皮绳抖开，横在地上，量出了长度，然后吩咐仆人去提了一桶水来，把生牛皮绳放在水里浸泡了一会，再取出来同原先的长度一比较，显然浸湿了的生牛皮绳比干燥的时候长出了一截。

保安官彻底明白了，凶手正是利用了这一点物理知识。他在午前将牛仔绑在枯树上，用浸湿了的生牛皮绳绑在他的脖子上，但是勒得并不太紧，不至于使他立刻死去。做完了这一切，凶手便扬长而去，堂而皇之地在小镇上抛头露面，故意让每个人都看见他一直待在小镇上没有离开过。

"真是一个残忍的杀人手段！"保安官只觉得有些窒息，他捏紧拳头，咬牙切齿地骂，"这个混蛋，我一定要让他受到制裁！"

保安官立刻赶回小镇，逮捕了阿布。

阿布仍然是一副老样子。保安官把阿布捆好，拖到阳光下。他拿出在水中浸过的生牛皮绳，缠上了阿布的脖颈。阿布吓得失声大叫："我说，我说，我什么都告诉你！"

原来，阿布和牛仔合伙偷了别人东西，两人分赃不均，发生争执，于是，阿布就害死了牛仔。

凶 器

　　美国纽约的哈莱姆区警察局里，两名黑人警探埃德和琼斯正在值班。突然，桌上的电话铃急促地尖叫起来。埃德探过身，把话筒夹在耳根与肩部之间，双手仍不停地擦着那把38毫米口径的老式手枪。

　　"警察，快些来吧。我的隔壁有人在打架，要出人命啦！"

　　这是一个老妇人打来的电话。埃德询问了地址后，便和琼斯驾驶着警车以最快的速度赶往出事地点。警探埃德和琼斯可是哈莱姆区的名人，没有人不知道他俩的大名，匪徒见了简直是闻风丧胆。埃德曾经被一个歹徒连砍了十几刀，可硬是没倒下，他浑身是血还坚持着，最终擒住了匪首。琼斯曾被匪徒用硫酸泼到脸上，可他连眼都没眨一下，一连几枪，击毙了几个流氓。歹徒们在哈莱姆区的暴行愈发激发了他们对这些不法之徒的仇恨，只要哪个家伙敢胡作非为，他俩就会毫不犹豫地掏出擦得锃亮的家伙，给这亡命之徒留下记号。

　　他们迅速找到了那幢公寓。那位妇女缩在角落，远远望见了警车，便挥着手，指了指拐弯处的一个房间，悄声说："喏，就是那间，刚才还很吵闹，现在又突然没声音了，也没见有人出来！"

　　埃德和琼斯对视了一眼，便拔出枪，闪到了楼梯口。埃德轻声迈上了楼，琼斯双手举着枪，尾随着埃德。两人来到老妇人指的那幢房子的大门前，机警地扫视了四周，然后，琼斯将耳朵贴在大门上，听了几秒钟。里面没有任何响动。琼斯眨眨眼，朝埃德暗示了一下，埃德点点头，猛地抬脚将门踢开。琼斯一个箭步，冲进房间里，大声喊道："举起手来，不许动！"

　　地上直挺挺地躺着个年轻人，头上有明显的伤口，伤口正朝外冒着鲜血，鲜血染红了绿色的地毯。他旁边还坐着一个年纪相仿的年轻人，胳膊上有一块紫红色的伤痕，他微微喘着粗气，脸色苍白，两眼直愣愣地瞪着前方，对埃德和琼斯的进来，好像一点也没看见。埃德收起枪，上前摸了摸躺着的家伙，发现他已经断了气。他仔细察看了死者头部的伤口，断定是被一种比较沉重的钝器砸死的。

琼斯上前推了推那个还活着的年轻人，年轻人没有反应，却喃喃自语道："他死啦！他死啦！"

埃德大声问道："谁干的！"

"一个穿绿衬衣的人，用一根木棍砸死了他，就逃走了……"

埃斯跑到窗户跟前，这是楼的第四层，人跳下去的话，不死也重伤。"他没有跳窗，从楼梯口走的。"

"楼梯口？不可能，否则报案的老妇人会发现的。"

琼斯环视了一下这间房子。房子里除了张书桌和书橱之外，便没什么东西了。

埃德望着那年轻人，感到奇怪。他围着年轻人转了几圈，突然大声呵斥道："别演戏啦，凶手就是你！"

"凶手是一个穿绿衬衣的人，他杀了人，还打伤了我。我什么也没干，我没有凶器！"

琼斯发现地上有一个压扁的空菠萝罐头盒，便拾起来，若有所思地看着。那人依旧在说："凶器是根木棍，被那人带走了。如果是我干的，房间里肯定有凶器，不相信你们找！"

琼斯拿着空菠萝罐头盒，在手中掂了几下，冷笑着说："谁讲没有凶器，依我看，这个罐头盒……"

年轻人朝他翻了翻眼，嘲弄地说："这家伙的脑袋硬得像石头，这么个空罐头盒能砸出这么大的口子？"

的确，一个空罐头盒，没有如此大的威力，但报案的老妇人又分明没瞅见有人走出这间屋子，也没见到有人向窗外扔东西。难道，真有一个看不见、消失了的凶器？

琼斯将空罐头盒举起来看看，几滴罐头盒里的汁水流了下来，再仔细闻闻，这瓶罐头好像刚刚被人吃完。琼斯笑了，他快步走到那家伙跟前，拎起他的衣服领子，把他揪了起来。

年轻人慌了，他两脚离地，惊恐地喊道："你这是做什么，我没有杀人，你怎么能如此对待我！"

琼斯的眼睛恶狠狠地盯着他，说："年轻人，放心！我不会打你，我只想找到那个杀人的凶器！"

话音刚落，琼斯的皮鞋重重地落在了年轻人的腹部。年轻人倒退几步，一屁股坐在地上，捂着腹部，疼痛难忍，哇地呕吐起来。

琼斯拍拍手，说："哟，年轻人，你把凶器都吐出来啦！"看着这家伙吐出来的尚未消化的菠萝，琼斯显出几分得意。

心领神会的埃德明白了。这家伙是用罐头砸死了人，然后发现警察来了，便以最快的速度吃光了菠萝，并编造了这通谎言。

反写的字母

麦克罗·西恩长着一头蓬乱的红发，满脸的皱纹，平时穿着陈旧的衣服，你根本猜不到他是大名鼎鼎的私人侦探。

此刻，西恩正驾车开往路易丝太太的家。路易丝太太是西恩的一位顾客，她被丈夫莫利斯·尼克森抛弃了，而且，尼克森拒付离婚的赔偿费，因此，路易丝打电话请这位红头发私家侦探去帮忙出个主意。

路易丝的门没有锁，露出一条缝。

西恩敲敲门，却没人答应，他感到奇怪，隔着门缝朝里望去，狭长的视线中，只能看见地板上有一缕长发。

西恩暗叫不好，拔出手枪，踢开了大门。

路易丝仰面躺在地上，两手死死扯住勒在脖子上的那根细钢丝。看样子，路易丝已经死去多时了。

西恩的肺都要气炸了。路易丝可是个到哪儿都难找的好人，可竟有人下如此的毒手。他搜查了所有的房间，见没有第二人，就收好枪，气愤地说："我要为路易丝报仇，让凶手受到法律的制裁！"

侦探西恩毕竟对这种场面见得多了，很快便镇静下来，开始仔细检查。

从现场看，路易丝好像是在化妆时遭到袭击，被凶手勒死的。那么，凶手肯定同路易丝有利益之间的冲突。

西恩脑海里闪现出一个名字——莫利斯·尼克森，他巴不得路易丝死去，那样就能省去一大笔离婚赔偿费。西恩在脑海中确立了第一个嫌疑犯。

这时，西恩不断地用手拉耳垂，这是他思考问题时的习惯动作。他一面手拉耳垂，一面寻找凶手留下的蛛丝马迹。

窗前的地板上有支口红，西恩拾起来，再看看窗户，窗帘还没拉开。

"难道路易丝不拉窗帘，竟到窗前去涂口红？不会的。那么，口红怎么会掉到窗前地板上呢？"

西恩想到这里，拉开窗帘一看，在玻璃窗齐腰高的地方，用口红歪歪扭扭写着两个字母"NW"。

西恩歪着脑袋瞅瞅，这有什么含意呢？

西恩又拉拉耳垂，答案又蹦了出来："哦，我明白了。当路易丝在窗前被勒住脖子时，她急中生智，用手中的口红写下了罪犯名字的打头字母。而写好的字母又被窗帘挡住了，罪犯没有发现，勒死路易丝后就仓皇逃跑了。"

西恩为自己的这些推论而感到高兴，突然，他又怔住了。既然罪犯的名字是"NW"字母打头，而嫌疑犯莫利斯·尼克森的名字是"MN"字母打头，两者相差甚远，那么，凶手不是莫利斯·尼克森了。

不可能！西恩清清楚楚地记得，半个月前，路易丝去侦探所找西恩，边哭边说尼克森在外面另有了新欢，逼迫她要在离婚协议上签名，并且一分钱财产都不给路易丝，还威胁路易丝说要杀了她。之后，两个人大吵了一通，尼克森还打了路易丝两记响亮的耳光，周围邻居都听见了。

西恩多了一个心眼，他决定先模仿一遍路易丝被杀前的情景：

路易丝正在镜子前涂口红，有房间钥匙的尼克森恶狠狠地闯了进来。路易丝吓得一惊，攥着口红，一直退到了窗前。她知道，尼克森来者不善。路易丝将攥着口红的手藏到了身后，尼克森没注意到这点。路易丝手中的口红在玻璃上轻轻地画着。西恩模仿完这一切，顿时恍然大悟。西恩找到了路易丝前夫莫利斯·尼克森，来了个开门见山。"是你杀害了路易丝！"尼克森十分镇定，质问道："胡说！你有什么证据？""路易丝在玻璃窗上写下的'NW'这个人名的打头字母，就是证据。"

"哈哈！荒唐透顶！那两个字母根本不是我名字打头的字母！"

"先生，别高兴太早了！我们到警察局里去讨论！"西恩冷笑一声，掏出手枪，不由分说地把尼克森带往警察局。

在途中，尼克森不住地喊屈叫冤，申辩自己不是凶手。西恩制止道："你瞎嚷嚷什么！事情再明显不过，路易丝被你逼到窗前，背对窗户，右手用口红在身后玻璃上写下了你名字的头一个字母，路易丝知道我要来，她是用这个办法告诉我罪犯是谁……"

"可那不是我名字的打头字母！"尼克森打断西恩的话。

"用手伸到背后写字母，字的上下左右都是反的，所以，现场玻璃上写的'NW'，其实应该是'MN'。这不正是你名字的打头字母吗？"

杀人凶手莫利斯·尼克森在事实面前终于低下了头。

搭车人的巧克力

暑假就快结束。 一大早，波迪婶婶推开梅卡的房门，带给他一个好消息：中午时分，他爸爸将开车接他回城里。

梅卡乐得一骨碌从床上坐起来。好久没见警长爸爸了，不知道他又抓了几个坏蛋。

12点钟，爸爸到了。听到他摁车喇叭的声音，梅卡像小鹿一样飞快下了楼，亲昵地扑进爸爸的怀抱。

告别了波迪婶婶，梅卡随爸爸钻进汽车。这是一辆崭新的、装有空调的警车。梅卡舒舒服服地靠着座椅，美慕地说："当警察真不错。成天开着神气的车子抓坏人。我长大后保准选这职业。"

爸爸笑道："你不怕坏蛋把你杀了？"

"我有手枪，还有……"梅卡还想声明，可警车里的无绳电话"嘟嘟"地响起来。爸爸快速拿起话筒，里面传来警察局长的声音：

"布朗警长，20分钟前，第一国家银行被抢了。有四名强盗乘一辆黄色轿车正往高速公路方向逃跑，你火速赶在他们之前截住他们！"

布朗放下电话，紧急掉转车头，向高速公路驶去。由于车速飞快，车窗外的景物都变得模糊不清了。

梅卡坐在爸爸旁边，紧张得心都快跳出胸膛。他真担心爸爸会把车开上天。况且，这是他第一次亲眼见爸爸追强盗，可不比坐在电视机前看警匪片，这一切全是正在发生的真事。梅卡感到自己的牙关越咬越紧，尽管如此，还禁不住地颤抖。

"千万要挺住！"梅卡在心里告诫自己。要是让爸爸发现他哆嗦着的可怜相，肯定会说他是胆小鬼。

可是，布朗并没注意儿子梅卡。布朗双手稳稳把住方向盘，双目紧盯路的正前方。他敏捷地躲过迎面急驶而来的车辆，又不断绕过挡在他前方的同行轿车。

10分钟后，警车上了高速公路。这时，警察局长又打来电话：

"布朗警长，报告你现在的位置！"

"高速公路东端5公里处！"爸爸探身读着车窗外路牌上的数字。

"盗贼现已改乘一辆蓝色福特车，5分钟前驶离我们的监视范围。你放慢车速，密切注意全部往来车辆！"

"明白！"布朗回答，并随手拉响了警报器。

警车一路"呜呜"缓行。布朗从倒车镜里严密注视着出现的车辆。

梅卡也贴着窗玻璃，睁大双眼，寻找着那辆蓝色福特。可是，直到眼睛看得发酸，也不见警察局长说的那辆车。梅卡很失望。看来，一定是盗贼听到警报器的声音，吓得逃走了。

就在这时，梅卡的视线里出现了一个男人。那男人背着包，老远就冲警车晃动着胳膊，布朗把车停到他的跟前。

"警官先生，请捎我一程。"男人彬彬有礼地请求道，"我在费城市中心下车。"

"对不起，现在我有任务，不回城里。"布朗拒绝他。

"先生，让我上车吧！我在这鬼地方待了将近一小时，都快让毒辣的太阳烤成肉馅饼了。"

梅卡听了直想笑。布朗却问了句："一小时？你在这里待了一小时？"

搭车人连连点头："是啊，头发都快着火了，这气温少说有37摄氏度。"

布朗没理会他的叫苦连天，仍旧追问："那你看到过一辆蓝色福特轿车没有？里面坐着四五个人。"

搭车人有气无力地说："怎么没看见？大约5分钟前，一辆蓝色福特开过来，里面一共四个人。我招手想搭他们的车，不料，那些家伙像发了疯似地冲过来。他们车子开得像要飞，要不是我躲闪得快，我的命恐怕就报废在他们车轮下了……"

布朗打断他，急忙问："他们一直朝前开了？"

"不，他们的车在前方30米那岔路口拐弯向右去了。"

"好，你上车吧！"布朗很感激，向搭车人打开车门。

搭车人千恩万谢后，钻进警车后排坐下。随即，布朗也将车拐进搭车人所指的右侧小路，全速追击蓝色福特。梅卡回头打量了搭车人一眼，那人讨好地冲他笑笑，然后弯腰打开旅行包，从里面掏出一块巧克力，递给梅卡。

梅卡接过来，道声谢，就喀喳一声把它掰成两半，递给爸爸一半，把另一半松脆可口的巧克力丢进自己口中。突然，他吓了一跳，但仍假装镇定，偷偷在巧克力包装纸上写下："他是强盗同伙。"悄悄放到爸爸腿上。

布朗看了字条，顿了顿，心领神会地点点头。突然，布朗猛地一刹车，搭车人的头重重磕到一根金属杆上。趁他抱头的时机，布朗牢牢逮住了他。"你是想引开我，让你的伙伴逃命吧？"布朗笑道。搭车人顿时像泄了气的皮球。

原来，梅卡见搭车人给的巧克力很松脆，而之前他说在公路上等了一个小时。如果真是那样，在37度的高温下，包内的巧克力早该融化得黏糊糊的了。

白纸遗嘱

　　罗纳德是美国一家汽车制造公司的经理，他爱好打猎，每到周末，都要开车到山里去。一天，他在一家枪械店里买了一支猎枪，回到家后，他连忙熟悉这种新式猎枪的使用方法。由于使用不当，在练习的时候，那支猎枪走了火，他的双眼受了重伤，被送进了医院。

　　虽然经过努力抢救，罗纳德的双眼终因伤势过重而失明。医生讲，他不光眼睛受伤，连大脑也受到了伤害，随时都有生命危险。

　　从此，罗纳德开始沉默，他双眼缠着绷带，静静地躺在那里，谁同他讲话他都装作没听见，不回答。对在医院里看护他、服侍他的妻子也不理睬。

　　与罗纳德住在同一病房的还有一位叫约瑟夫的小伙子，也是双目失明，他非常同情罗纳德，常常开导他要想开些，罗纳德的情绪渐渐开始好转，他们两个人也成了同病相怜的好朋友。

　　有一天，罗纳德趁妻子从病房出去的间隙，对约瑟夫说："好朋友，我想求你办一件事。这几天，我的感觉很不好，所以我想写一份遗书，请你代为保管，一旦我不在了，请你把它交给我的弟弟……"

　　他的妻子刚好回来，听到了他们的谈话，没等罗纳德说完便插话道："你不用写什么遗书，如果你真的死了，我就应该是法定的财产继承人。"

　　罗纳德觉得到了应该把事情讲清楚的时候了，他很平静地对妻子说："我知道，我死了以后，你肯定会随心所欲地挥霍我的财产，这是我不能允许的，所以我说趁我现在还活着，赶快立一份遗嘱，我死后，把我的财产交给我弟弟来继承。另外，这份遗嘱我还想请约瑟夫代为保管。"

　　罗纳德的妻子火了："你以为你弟弟得到这笔财产就不会挥霍吗？像他那样的花花公子……"

　　"住口，这你管不了，一切由我做主。"罗纳德也发火了，他对妻子命令道，"快给我拿纸和笔来。"

罗纳德的妻子没有办法，只好磨磨蹭蹭地到罗纳德的手提箱里去找纸和笔。一边找还一边痛苦地说："眼睛都看不见了，还能写什么字呀！"

罗纳德着急地说："快点给我拿过来！"

过了好大一会儿，罗纳德的妻子才把找到的便笺和钢笔递给了他。

罗纳德从床上坐起来，对他的妻子说："我当然也不会亏待你，遗嘱上也会写上分给你的那一部分，我看给你5 000万元足够你花的吧。"

罗纳德的妻子什么话也没说，她只是看着丈夫很吃力地在纸上写着："我死后，将我财产中的5 000万元留给我的妻子，剩下部分，全部由我弟弟继承。"罗纳德用力地、一个一个字母地写完了这份遗嘱，然后签好名字和日期，将它装进了一个信封内，又封好了口，最后交到约瑟夫手中："好朋友，一切都拜托你了。"

"放心吧，但愿你不会发生意外。"约瑟夫边说边将那个信封放进了贴身的衣袋里。

几天后，罗纳德果然因病情恶化而死。丧事刚刚办完，罗纳德的妻子就和他的弟弟因财产继承权问题吵了起来，最后不得不通过法院来裁决。

约瑟夫听到要开庭审理罗纳德财产继承问题的消息后，让人陪着来到了法庭，他遵照罗纳德生前之托，将那份遗嘱递交给法庭，以作为法院裁决的依据。

当法官打开封口，取出一看，不由得大吃一惊，里面装的竟是一张白纸，根本没有什么遗嘱。

这时，罗纳德的妻子从座位上站起来，非常激动地说："法官大人，约瑟夫向法庭提供的是假证，你们应该依法惩罚他。"

法官转过头来对约瑟夫说："请你讲清楚这是怎么回事，为什么要向法庭提供假证？"

约瑟夫很沉着地向法官陈述了自己的观点。他说："我刚才交给您的的确是罗纳德先生生前交给我代为保存的遗嘱，至于里面为什么只装了一张白纸，我想这里面一定有问题，能不能也让我看看那张白纸。"

"法官大人，约瑟夫双目失明，根本没有必要再让他看那张白纸。"罗纳德的妻子又一次激动地站起来说道。

但是法官没有听从她的要求，还是将那张白纸交给了约瑟夫。约瑟夫用手指摸着说："这的确是那份遗嘱，我可以给你们念出这上面的内容：'我死后，将我财产中……'这里还有罗纳德的亲笔签名，一点儿没错，法官大人。"

约瑟夫说完，整个法庭都哗然了。

原来这是罗纳德的妻子在遗嘱里做了手脚，当罗纳德让她去拿笔和纸时，她灵机一动，将钢笔里的墨水全都挤了出去，又将笔尖冲洗干净。由于罗纳德双目失明，对这些丝毫没有察觉到，于是他就用这支没有墨水的钢笔在纸上写了遗嘱。但由于他写得非常吃力，每个字母都写得很重，虽然钢笔没有墨水，但在纸上还是留下了微弱的凹凸字迹。这对于一般人来说是很难注意到的，但对双目失明的约瑟夫来说，仍然可以凭借盲人的特长，利用指尖的敏锐感觉辨认出遗嘱上的字迹，从而识破了罗纳德妻子的诡计。

找不到地址

　　"丁零零……"电话铃响了。罗斯像触了电一样，从凳子上弹起，扑向电话机。警探玛奎德一把按住罗斯的手，说："别慌，尽量拖延时间，以方便我们查到罪犯的电话号码。"罗斯像被打了镇定剂一样，有些平静了。他缓缓抓起电话，问道："你们把我的儿子怎样啦？你们千万不要伤害他！"

　　电话那头传来哈哈大笑的声音："罗斯社长，你儿子在我们手上非常好，不相信你听听。"

　　罗斯隐隐约约听到了儿子的啼哭声，他的心都要揪碎了。

　　"听好，要1 000张100美元的旧币，用普通邮包寄出。注意，是用普通邮包，不是挂号！明天上午必须发送出去！"

　　罗斯胆战心惊地问："寄到哪里？谁收？"

　　罪犯把地址和姓名说出来后，又威胁道："罗斯，你儿子的小命可攥在我的手心里，如果你调查这个地址，或者去报告警察，那可别怪我的枪没长眼。"说完，就啪地挂上了电话。

　　罗斯放下电话，用求助的目光望着警探玛奎德。

　　玛奎德无奈地耸耸肩，告诉罗斯那是一部公用电话，根本无法查清打电话的人，便启发似的问罗斯是否听出来那声音像周围的什么人。

　　罗斯目光呆滞地说："那声音很粗，好像被什么东西堵住了！"

　　玛奎德探长只好另想办法。他化装成推销员，这样，罪犯自然不会怀疑他了。玛奎德按着罪犯提供的地址，找遍了那条街，发现门牌号、姓名全是假的。玛奎德倒吸一口凉气。

　　"难道那人是在跟罗斯开玩笑？"玛奎德不免产生了困惑，罪犯不想要10万美金？他搞的什么鬼呢？

　　这时的罗斯社长，简直是绝望了。他哭丧着脸说："这分明是有意要害死我的儿子，根本不是要什么赎金，否则的话，怎么不告诉我真正的地址呢？"

站在一旁神经已有点错乱的罗斯夫人，像疯子一样扑到罗斯身上，又捶又打。

"你还我儿子，还我儿子！是你把他带去逛商店弄丢的！"

罗斯推开夫人，吩咐仆人把她扶进房间里休息。

玛奎德站起身，在大厅里来回走了几圈，猛然抬起头，问道："罗斯社长，罪犯或许是你的仇人？"

罗斯皱着眉头，想了半天，最后双手一摊，说："我没有任何仇人呀，即使有时言语得罪了人，可他也犯不着绑架我的儿子！"

"你再考虑考虑！"

罗斯将自己的熟人一个一个地在头脑里进行排查。

玛奎德见罗斯愁眉苦脸的样子，就顺手打开了录音机。录音机里传来犯罪分子那低沉的噪音。

过了许久，罗斯还是无可奈何地摆摆手。

玛奎德并没有产生罢休的念头，他决计要找到罪犯，救出那个可怜的男孩。

一个又一个设想，在他的脑海里过滤着，然后一个又一个地被否定。突然，他极度兴奋地叫道："我知道谁是罪犯了！" 罗斯眼睛一亮："谁？" 玛奎德微笑着回答："谁能取到赎金，谁就是罪犯。" 罗斯顿时泄了气，喃喃自语道："我以为你真的知道呢！" "我是真的知道！" "别开玩笑啦！我像傻子一样把钱寄出去，然后再查无此人，被退回来！"

"罗斯先生，再动动脑子！"

"您说是谁？我看……"

玛奎德胸有成竹地说："就是绑架犯所讲的那条街的邮递员！"

"邮递员？怪事，他怎么能收到呢？"

玛奎德笑着拍拍罗斯的肩，说："您可是急昏了头！"

罗斯忽然站起来，嚷道："我明白啦。除了那个地区的邮递员，那个装钱的普通邮包谁也收不到。别看地址是假的，人名也是假的，既然他负责这个地段，寄出去的邮包当然落到他的手中。但……他为什么不允许我用挂号呢？"

玛奎德说："您寄过挂号信吗？如果挂号寄出，收件人必须带着证明自己身份的证件去邮局领，那不就等于自我暴露吗？"

第二天，玛奎德带着警察抓住了那个邮递员。一经审查，果然不出所料，警察们还在邮递员家中的地窖里找到了罗斯的儿子。

偷心者

　　58岁的莫里斯是美国联邦调查局探员，破获的大案要案不计其数，也许岁数大了，他忽然患上了严重的心脏病。医生说，除非进行心脏移植，否则他将难逃此劫，于是，莫里斯便排在了等待心脏移植的病人名单中，幸运的是，仅过了三个月，适合他的心脏就出现了。那是一个不幸被歹徒枪杀的26岁女子的心脏。

　　移植手术非常成功，莫里斯恢复了健康，并从联邦调查局的岗位上退了下来，虽然胸腔里的那颗新心脏一直"运行良好"，不过他还是经常有种说不出来的异样感觉。

　　一天，莫里斯正在午睡，一个陌生女子突然敲开了他的家门。来人叫朱丽娅，一见到莫里斯就递给他一张相片。相片上是一个十分美丽的姑娘，莫里斯只瞥一眼，立刻意识到相片上这个素昧平生的姑娘和自己有着某种微妙的联系。就在莫里斯出神之际，朱丽娅忽然开了口："她是我妹妹爱伦，被人谋杀了，凶手至今还逍遥法外。"

　　莫里斯明白朱丽娅的来意，知道是想请自己破案。他沉默片刻，说："对不起，我已经退休了，这个案子还是另请高明吧。"

　　朱丽娅没有哀求，而是不动声色地说："我想告诉您，您胸腔里跳动的正是我妹妹的心脏！"

　　天啊，天下竟有如此巧合之事！莫里斯惊呆了，但他还是不敢相信，然而朱丽娅下面的一番话让他很快打消了疑虑。朱丽娅说："我妹妹是罕见的RH阴性B型血，在她死亡那天，整个纽约只做了您一例心脏移植手术，因为您的血型也正好是RH阴性B型血。"莫里斯立刻感到一种从未有过的震撼，他终于明白，长久以来自己内心萌动的那种神秘呼唤原来事出有因。他再也无法犹豫了，答应朱丽娅一定竭尽全力，找出杀害爱伦的凶手，来报答爱伦对自己的救命之恩。

第二天一早，莫里斯来到警察局，摸清了案发经过：爱伦是晚上到一家小超市购物时，被一个只露眼睛和嘴巴的蒙面人开枪击中头部，在医院抢救无效死亡的。那家超市装有自动摄像机，凶手作案的过程刚好被拍了下来，莫里斯反复看了几遍录像，忽然发现了一个常人难以察觉的细节：凶手在开枪时嘴巴动了几下，似乎在自言自语，后经过口型专家分析，凶手说的是："上帝，饶恕我吧！"

据朱丽娅介绍，爱伦是个本分的职业女性，为人友善，乐于助人，是"自愿捐赠器官者协会"的会员，她生前曾经承诺过，一旦遭遇不测，愿意捐赠自己的器官给最需要的人。这样一个好人，有谁会加害她呢？

还有一点更令莫里斯纳闷：凶手是在22点33分作的案，而急救中心说他们是在22点30分就接到了电话，说有人遭到枪击，急需救助，并且还准确说出了地点。这就是说，凶手在行凶前3分钟就已经通知了急救中心！

就在莫里斯百思不得其解的时候，又突然发生了一起凶杀案。案发地点是在一个自动取款机前，死者叫迈尔斯，是在取款时被一个蒙面杀手开枪打死的。通过取款机前的摄像机，莫里斯发现凶手在开枪时，嘴巴也动了几下，根据专家分析，他说的也是："上帝，饶恕我吧！"而当时杀死爱伦的那个凶手开枪时也说过这句话，还有一点，就是血案发生前几分钟，急救中心同样也接到了电话，当赶到时，受害人刚刚死亡！由此可见，这是一桩连环杀人案，凶手和杀害爱伦的是同一个人！

莫里斯马不停蹄，立刻找到迈尔斯的妻子，得知迈尔斯的血型也是RH阴性B型，也是"自愿捐赠器官者协会"的会员。难道这是巧合吗？莫里斯来回踱了几步，脑海中猛地亮光一闪，飞快拨通了医院的电话，询问迈尔斯的心脏是否有人接受了。对方回答，迈尔斯在抢救之前已经死亡，所以他的心脏失去了功能，无法再进行移植了。莫里斯追问道："那么，排在等待心脏移植名单上的是什么人？"

"银行家康普顿。他和您一样，都属于RH阴性B型血。本来爱伦的心脏准备移植给他的，但有一些指标不匹配，所以就先移植给了你。现在好不容易又有了一位RH阴性B型血者的心脏可捐献，没想到竟失效了。"

听了医院的这番话，莫里斯对自己的猜测更加有把握了，开始对银行家康普顿展开了调查。随着调查的深入，莫里斯了解到康普顿在半年前得了心脏病，只有进行心脏移植才能挽回生命，可是他左等右等，一直等不到与自己血型相匹配的心脏。可以想象，拥有亿万家产的银行家在这个时候肯定不会坐以待毙，所以莫里斯断定，康普顿肯定是在绝望之下铤而走险，雇凶"窃心"的。

就在莫里斯到处搜寻证据之际，康普顿忽然得到了风声。一天深夜，莫里斯刚回到家，就被人用枪顶住了后脑勺。莫里斯知道，这一定是康普顿派来的杀手，想除掉自己，他急忙一边奋力反抗，一边高声疾呼。就在这个危急关头，门猛地被撞开了，莫里斯的朋友从天而降，和莫里斯一起，将杀手生擒活捉。

在警察局里，杀手供认了一切。原来，康普顿在找不到适合自己的心脏救命时，就在"自愿捐赠器官者协会"的网页上，挑出了几位RH阴性B型血的人，然后雇凶手将魔爪伸向他们，因为这些人都在医院登记过，死后都会捐出器官。为了万无一失，康普顿要求杀手对准被害者的大脑开枪，既保证受害者是脑死亡，但又不会立即死去。为了抢时间，他在行凶前几分钟拨打急救电话，好让受害者能及时送到医院，以保证心脏不至于因时间太长而失效。就这样，他接连制造了两起骇人听闻的血案。

真相终于大白了，康普顿因涉嫌雇凶杀人被逮捕。一周之后，还没来得及等法庭审理，他就因心脏衰竭死在了狱中。

纵火犯

又到了夏天，太阳越来越像团炉火，炙烤着大地。非洲某国首都的使馆区内有条僻静的小巷，由于正是中午时分，太阳处在最毒的时候，小巷里根本见不到一个人影，大家都躲在家中午睡。

忽然，Y国使馆朝南的一扇窗口冒起一团火光，接着大火冲天而起。

这下，整个小巷变得乱糟糟的，有人在大喊："快跑呀，着火啦！"于是，小巷中人头攒动，大家一起跑到了外面。

5分钟之后，消防车呼啸而至，身穿消防服的消防员拖着水管，冲向了Y国使馆，顿时一条条水柱喷向了大火……

大火扑灭了，但为何失火？总统下令，一定要查出失火原因，否则有损两国友好关系，在国际上造成不良影响。调查失火原因的重任，落在了首都刑警队长达拉克身上。

达拉克是个严肃认真的人，做事情一丝不苟，他来到了Y国大使馆。经调查，火是从朝南的厨房窗口烧起的，但厨房用具完好，管道安全，并没有受到大火的损伤。

达拉克瞟了瞟呆坐在一旁的厨子，厨子的肩头被大火烧伤了，上面缠着纱布，他目光呆滞，双手死死揪着自己的头发，喃喃自语道："不是我放的火，不是……我……"

达拉克也不相信厨子是纵火犯，他总不会自己烧自己吧。刑警队长查了三四天，仍没有结果，急得他头上又增添了几根白发。朋友劝他放松放松，达拉克答应了。

晚上，达拉克和朋友到酒店去喝酒。他心情烦躁地喝了一杯又一杯，不管朋友怎么劝他，他都不听。

"服务员，给我把这瓶酒拿来！"达拉克指着架子上的酒说。

这时，酒店里旋转的霓虹灯朝酒瓶投来一束光，酒瓶被照得发出暗蓝色的光耀。

达拉克怔住了，他打了个响亮的酒嗝。忽然，他使劲敲了敲自己的脑袋，骂道："我真蠢，怎么早没考虑到呢？"

刑警队长立即离开了酒店，跑到了另一个朋友家，这个朋友住的房子跟大使馆的房子一样，是在街道北面。达拉克在这朋友家做了一个实验，证实了他的推测。他挥动双臂，大声喊着："啊，找到了，找到了，失火的原因找到了！"

三天以后，达拉克把报社的几位记者和Y国领事馆负责人、厨师都请到他朋友的屋子里来，说是要向他们揭示发生火灾的秘密，大家都不相信，但是又很好奇，就都来了。

隔了一会儿，厨子伸手拿窗前的玻璃瓶想倒水喝，达拉克拦住他，说："别动，我请各位到这儿来，就是因为这儿的布置跟使馆区的厨房布置一个样，你们如果乱动的话，会把纵火犯吓跑的！"

大家都被他搞得莫名其妙。厨子环视了一下屋子，的确同厨房的布置相差不多。

达拉克说："你们要口渴的话，可以到冰箱里拿汽水喝。"

说完，他看了看手表："不要着急，再等一会儿，纵火犯就会露头了。"

大家以为他疯了，只好按他的安排去做。

突然，达拉克喊了起来："看，纵火犯开始活动啦！"

众人瞅瞅四周，没任何变化，不明白他搞什么鬼。

"顺着我的手指，你们看玻璃瓶，看盘子。"

大家把注意力移向盘子。可是，这有什么好看的？太阳光照着玻璃瓶，透过玻璃瓶和水，射在桌布和盘子上。

盘子在阳光的照耀下，出现了一个很亮的点儿，就像我们拿一个放大镜，放在太阳光底下，下面放一张纸，纸上出现一个亮点一样。

领事馆的负责人说："这有什么看头！"

达拉克给了他一个白眼说："注意！别走神！"

一会儿，那个亮点儿的地方冒起了一点烟，接着出现一点火苗，同时还发出了煳味，盘子很快给烧了一个窟窿。

实验结束后，达拉克笑眯眯地解释道："看到了吧，火灾就是这样发生的。这个玻璃瓶的作用就像凸透镜，它把阳光集中在一个焦点上，使那儿产生了很高的温度。如果玻璃瓶是放在金属的盘子上，那就不会发生火灾，可这位厨子买的恰恰是易燃的化学盘子，谁想到呢？太阳这个纵火犯，通过玻璃瓶和化学盘子，就烧起了那场大火。"

这下众人全明白了失火的原因。

鲨鱼破案

1935年，在澳洲一家水族馆里展出了一条大鲨鱼。展览馆前面的铜牌上写着这样一段说明文字：虎鲨，雌性，年龄：3岁半，身长：6英尺，体重：232磅。

令渔民和船员们谈虎色变的海上霸王落网就范，如今又被放到水族馆让人观赏，就自然成了非常有吸引力的事。一时间，这家水族馆门前游人如织，生意好极了。

谁知，正当游客们评头品足地在这虎鲨面前流连忘返的时候，突然从这条大鲨鱼的口中吐出了一条人的胳膊来，这下可把近在咫尺的游人们吓坏了。胆子小的惊叫一声，只觉得大鲨鱼正朝自己冲来，想逃又跨不开步子——整个儿瘫倒了。

水族馆没料到碰上这样的怪事，第一天展出就惊倒了游客，靠它招揽生意的计划转眼便落空了。水族馆的老板唉声叹气，闷闷不乐。

这件事很快被警方知道了。他们来到水族馆，把大虎鲨口中吐出来的这条人胳膊送到法医那儿去做了化验。化验结果表明：这条胳膊不是大虎鲨从人身上咬下来的。

不是从人身上咬下来，那么，又是从什么地方来的呢？

据法医判断，大鲨鱼嘴里吐出来的胳膊，带有很明显的特征，是只有经过拳击训练的人才会有的胳膊。这样就大大缩小了侦察范围。

警方要求市拳击协会协助破案。他们排列了名单，终于查到，有一位刚失踪的拳击手，名叫罗士。罗士是个业余拳击手，是个很不安分的家伙，他加入了一个贩毒团伙，后来因内部分赃不均，引起同伙嫉恨，被同伙杀了。罗士被杀后，又被几个凶残的杀手大卸八块，装进一个木箱沉入海底。因为箱子太小，还有一只胳膊装不下，就单独扔进了大海。哪料到这条胳膊偏偏被大虎鲨吞进了肚里，这条大虎鲨偏偏又被渔民捕上了岸，在大庭广众之下，它又把吞下的胳膊吐了出来。

警方根据这条胳膊查到了罗士，又从与罗士交往的一群人中查到了罪犯，从而捣毁了一个贩毒团伙。

焚尸案

三国时代的吴国句章县，有一天出了一件案子。一个名叫唐三龙的人，被火烧死了。

据目击者说，那天夜里四更时分，唐家突然传出极为繁密的雷火爆炸之声。不多一会，一片红云腾空而起，烈焰蹿出屋顶，满天火星密如骤雨，交相激射，映得附近一片通红。唐妻披头散发，赤着一双脚逃出屋外，大呼小叫着惊动了不少邻居街坊。众人忙取来脸盆水桶提水洒泼，哪里灭得了？不到1个时辰，已屋塌柱折，好好儿一座房屋已成了一堆瓦砾。唐三龙躺在床上，被烧成了一段枯炭。

时隔一天，夫家人一状告到县令张举那里，说是唐妻杀了唐三龙，然后放火烧的屋。

张举将唐妻传来。唐妻来到公堂上，先是捶胸顿足，放声哀号了一阵。张举问道："本县问你，着火时你在哪里？"

唐妻抽抽搭搭道："民妇也在卧室里。"

"那为什么你逃出来了，他大男人一个倒反被烧死？"

"回大人话，这夜拙夫正喝醉了酒，火起时民妇再三推他拉他，就是叫他不醒。他的身子蠢重，民妇背他不动……后来火势越烧越大，民妇只好只身逃了出来。"

张举道："夫家人告你是先杀人后放火，你有什么话说？"

唐妻道："这是因为他们贪图夫君留下的一点田产，故意要害死民妇，以便独吞。望大人为民妇做主。"

张举先叫她下去，然后叫来了本县有名的一个仵作。

这仵作姓陶名之晋，五十来岁，形容枯槁，满腮灰白胡子，模样儿猥琐，真似一个市井老光棍。只是他祖传干仵作这一行，对于验尸鉴别很是在行。张举对他着实看重。

张举带了陶之晋及一应公人，来到了火烧现场，见屋坍瓦碎，余烬还在冒烟。唐三龙已被人抬到瓦砾堆旁的一个临时搭建的验尸棚内。

陶之晋走进验尸棚，先朝尸体一拱手，口中念念有词道："公务在身，得罪莫怪。老兄在天之灵保佑，我陶之晋定如实将验伤情况禀报张大人，让张大人公正定夺！"

说完取下背上的小包裹，打开了，里面却是些铁钎、小刀、剪刀之类。

他先在两手各涂抹上一层蜡，翻动尸体，正反上下看了看唐三龙这已被烧成一段臭烘烘焦炭的身子，然后取出一根铁钎，撬开他的嘴巴，低下头去细细张望了一番。

他放下铁钎，双手一拍，晃晃悠悠走到张举身边，附着他耳朵道："张大人，这人是被人谋杀的。"

张举挑起眉毛，道："你……你就看了这一盏茶不到的工夫……这是大事，可不好信口胡说。"

"大人放心，这个小的担保。大人不信，死者双拳紧握便是明证。凡是活活烧死的，死者不论喝得多醉，自然而然双手张开护住脸面，因为脸是人身最痛的部位。眼下死者双拳紧握，这多是被勒死、闷死的征兆，更何况……"

张举一挥手，打断他道："我知道，你先站在一旁，待我再问这个女人。"陶之晋答应一声，规规矩矩在边上站了。

张举又将唐妻叫来，问道："刚才仵作报来，说死者死时双拳紧握，这是先杀后烧之征。你因何杀死你丈夫，还要焚尸灭迹？快快招来！"

那唐妻一听这话，不由脸如土色。但她心存一线希望，只是砰砰磕头，口里大叫冤枉。张举一时奈何她不得，拿双眼去望陶之晋。

陶之晋上前一步，对唐妻道："瞧你这个婆娘，果然想得一条好计，以为杀了人，只消焚尸了，定然辨认不出来。刚才张大人已经指出，你还敢撒泼不服。这就难怪你有这个胆量杀人了！"

唐妻哭哭啼啼道："你这个遭千刀的老小子，定是受了唐家人的好处，且来欺负一个无助的妇道人家。这样乱说，难道不怕死了鬼王剜你的舌头？"

陶之晋生气道："瞧你，瞧你，骂起我来了。也好，我叫你口服心服。——张大人，请叫人去取来死猪活猪各一头！"张举头一点，吩咐差人马上办到。

不一会，一死一活两头猪已取到。陶之晋吩咐将活猪用铁索捆好，又在两猪上下堆好柴草，放火烧了。约一个时辰后，柴完火熄。

陶之晋取出铁钎，分别撬开死猪和活猪的嘴让张举和唐妻看，过后又让他们看了唐三龙的嘴巴。

他道："你们看，这猪是死后被烧的，这时死猪已不会吸气，所以口中没有一丝半点的灰烬；而活活烧死的那头猪，临死还在呼吸，故而一口的灰烬。唐三龙嘴里干干净净，这证明正是死后才被烧的。现在，看你这婆娘还有什么话说？"

话未说完，唐妻砰的一声倒在地上，昏死过去。醒来后，她一五一十招供：因为受不了唐三龙的虐待，趁他酒后亲手勒死，然后放火烧屋，企图毁灭罪证。

黄金掉包案

唐朝时，李勉镇守凤翔府。有一天，他属下的一个县里出了一件事。事情是这样的：这天农夫孙大和黎三两个在村边挖一口贮粪池。两人边说笑边挖，猛地孙大一锄下去，咯的一声，碰上什么硬东西了。

孙大骂道："娘的，黄金宝贝倒挖不着，臭粪缸准有份。老天保佑，要是让我孙大能掘到一锭半锭银子就好了。"

黎三笑话他道："凭你这样的好运气，哪里会掘不到金银珠宝？今天准能掘到一坛黄金。"

这时边上村里的财主杨霸正好骑马路过，站住问道："掘到什么好东西了？还不取出来看看！"

孙大道："杨爷别信黎狲猢的话，哪里来的金银珠宝……"

话音未落，一锄下去，又是咯的一声。

杨霸听见声音有异，跳下马来看，原来地下真是一大坛的马蹄金，块块沉甸甸的，数了数，共是253块。

三人原想私下分了，但是当时黎三的嗓门好大，边上闻讯赶来看热闹的没有一百个，少说也有八十，再也瞒不住了。里长吩咐用封条将坛封好，先在杨霸家存放一时，一面派人去报了官。

县令辛朝清大喜，下令叫孙大和黎三两个抬到官府里来。他重重赏了孙大他们，打算上报请赏。

不过上报禀告总有一个时间，辛朝清不放心将如此贵重的东西搁在衙门里，就吩咐下人抬到自己家的里屋收好，又派了12个家人日夜值班看守。

三天后，上面命令下来，将藏金送去。

辛朝清叫来一辆马车，兴冲冲将马蹄金亲自押着送去。

不料，到了启封开坛时，里面没有一块是黄金，全是灰扑扑的泥块。

辛朝清一下子吓得脸如土色，半晌说不出话来。

知府大怒道:"辛大人,你好大胆子,兴师动众,倒来消遣本府,拿本府当猴子耍。这是怎么一回事?"

辛朝清吓蒙了,半晌才说:"这,这个……下官也不,不知道……送来时下官一时糊涂未曾启封,不料被人……偷梁换柱……掉了包,这……这如何是好?"

"如何是好?你身为县令,连贵重物品得当面点清也不知道吗?"

"下官因为……因为掘出时系众人一起点清……后来里长上了封,封条上明明写着有253块……下官也就相信了他们……"

知府嘿嘿冷笑道:"我知道你是故意不启封,好为你自己的掉包留下一条后路。乡农们是三人对六面当场封的金子,在你私宅里过了三夜,现在全变成了泥巴,你还打算将祸水推到乡民头上去吗?……来人!将他卸了衣冠,收在监里!"

就这样,辛朝清被收了审。

辛朝清心慌意乱,知道这事即使自己长一百张嘴也一时说不清,他怕上刑挨打,只好招认是自己一时贪心偷偷换下了,只是金子藏在哪里却说不上来,因为他压根儿就没有这许多黄金呀。

这事传到李勉耳朵里后,李勉很是生气,心想他属下的县令竟然胆大到如此程度,连乡民在众目睽睽下掘出的大量藏金都敢偷天换日,其他事更不必说了。

这天他正请客吃饭,饭桌上不免说起这件事来,边说边气得呼呼直吹胡子。

座上的客人个个都很动容,惟有一个手下幕府名叫袁滋的低着头不吭一声。

李勉道:"袁先生,你以为这事如何?"

袁滋站起来道:"李大人在上,恕下属多嘴。下属怕这里面有冤情。一个当县令的胆子再大也不敢监守自盗。若是偷换了其中一块两块,用锡包金什么的来代替,或有可能;要他悉数用泥巴掉换,岂不是太笨了点?"

李勉想了一想,道:"被先生一说,我也有点怀疑起来。这样吧,这事就劳你下去为我审理清楚了。"

过了五天,袁滋来报,案件已经审清,辛朝清确是受到冤枉,253块马蹄金现在已悉数查获。

原来袁滋一开始就怀疑这些黄金不是辛朝清掉的包。当他听说这253块黄金是由孙大和黎三两人抬到县府，而县府离藏金处足有十里路时，他就断定抬来的已是土块，因为黄金是重金属，253块有好大的分量，决不是两个乡民一口气可以抬十里路的。

为了洗刷掉辛朝清的罪名，他先下令去各金银铺及大户人家借来大批黄金，连夜亲自监工，让金银匠做成一块块与原马蹄金一般大小的金块来。

做成253块后，他叫来了黎三和孙大，用原来的那根扁担抬起试试看。

果然，才一抬起，扁担"喀嚓"一声，马上断了。两个乡民各自一跤坐在地上，都说："怎么这次有这么重？上次抬来时要轻多了。"

由此可见，上次抬来时，已被人掉了包。

那么，黄金上哪儿去了？

人们说，这黄金只在财主杨霸家存放过一夜。

袁滋立即点起差役包围了杨霸家，逮捕了杨霸一家老小。果然，不出一天工夫，253块马蹄金终于被搜到了。

苏无名破疑案

　　这个故事，发生在唐朝武则天当政的时代。一天夜里，太平公主的梳妆用品被盗贼所劫。这下，可真是触了逆鳞，捅了蜂窝。失却的是无价之宝，失主是皇帝亲生的女儿。武则天勃然大怒，她把当地的长史叫来，一拍桌子骂道："叫你负责管理治安，你管了个什么？现在强盗横行，小偷无忌，连朕女儿的东西都敢偷，官员百姓家的东西还说什么？！朕限你三天之内，将强盗捉拿归案，将太平公主的梳妆用品一件不缺如数归还。三天一过，如案子还不破，朕就将你交给周兴、来俊臣！"

　　周兴、来俊臣是武则天手下两个有名的酷吏。在他们那里，刀剐、火烙、水灌、棍砸……说他们每人有120种酷刑也不嫌多。别说一般官员百姓听到他们两人的名字魂飞魄散，就连三岁的孩子听到他们的名字也不敢夜啼。

　　长史出来时只觉得喉头发干，双手剧烈发抖。他回到衙门，火速将管理州、县府的巡禁盗贼的官员吏卒们一齐叫来，铁青着脸，说："各位，下官运气不好，遇上了这件泼天大案，今天皇上圣旨下来，如果三天内破不了案，要将下官送到周兴、来俊臣两位大人处治罪。三天后此案不破，下官周、来两位那里是不去的，或饮鸩，或上吊，或跳井，或抹脖子，反正一死了之。不过黄泉路上，总得有些人陪陪，限各位两天半的时间，若破不了案，下官只好先将各位一一打死，到时候，各位莫怨下官手下无情。好，现在去吧！"

　　这些吏卒听了，半天做声不得，只好一个个灰溜溜地出来，一转身又凶神恶煞般再将气出在下属们的身上。

　　于是，一时间，洛阳城内兵卒满天飞，鸡飞狗叫，马嘶牛鸣，街上的人冲来撞去，恰似撩拨了一窝蚂蚁似的，家家户户都被差役士兵捣了个家翻宅乱。

　　且说这几天，湖州别驾苏无名正好公事出差在洛阳，他是个颇有名气的捕盗能手。他一早听说太平公主丢了东西，就笑着对他随身带着的家人说："阿兴，你看着好了，接下来就够大家瞧的，公主丢了东西，还不闹个沸反盈天？只是，抓强盗岂是靠乱哄哄就能抓得住的？这样吧，现在你去看城北城东两处，我去看城南城西两处，还是老办法，见有什么异样，立即报告我。"

阿兴笑吟吟听着，答应着去了。

果然不出苏无名所料，第二天，洛阳城就被闹成了一锅粥。其实，这时，阿兴已向他报告了一件可疑的事。他自己也发现了一件，并分别做了调查。

下午，苏无名与阿兴正在街上走，迎面走来一个彪形大汉，正是他的同乡王籍建，眼下他正在洛阳城里当差。王籍建见半天已经过去，仍然一无所获，只急得他像热锅上的蚂蚁，一眼看见苏无名，大叫一声，一步跳过去抓住他。苏无名身后的众差役还以为是抓到了盗贼，正要动手，只听见苏无名叫了起来："哎哟哟，老兄，你好大的劲，只差一点没将我的骨头给捏碎了！"

王籍建则哈哈大笑，叫道："兄弟们，咱们有命了！这位是湖州别驾苏无名苏先生，当地赫赫有名的捕盗高手，快，快，大家向苏先生跪下，请他救咱们大家一命！"

说完带着众差役齐刷刷跪了一街。

苏无名连连摆手，扶起他们，道："快起来，快起来，是不是公主娘娘失窃的事？请你火速报告长史大人，下官愿意效劳。"

众人欢呼一声，簇拥了他上长史处去了。

两个时辰后，武则天居然直接召见了他。

武则天打量了苏无名一阵，见他只是一个长脸深目、身形瘦削的读书人，问道："众卿都保荐你，说你善于捕盗，可是当真？"

苏无名道："回禀皇上，只要皇上不限定时日，不追究州县里的官吏，两县捕盗的吏卒又任凭臣调遣，臣一定为皇上破案。"

武则天笑吟吟道："你好大口气，这些条件朕都依得，但如果破不了案呢？"

苏无名道："臣有几颗脑袋敢在皇上面前夸海口？"

武则天道："那好，就这么办。"

苏无名出来后对众吏卒道："听着，现在起，我奉皇上圣旨，一切听下官调遣。各位立即带人在离城五十里处团团围住，检查一切过往行人，连棺材、病人也不许放过一个！违者重罚！"众人奉令去了。　他又回过头来对王籍建道："再过三天便是清明，按风俗习惯百姓都要去上坟。在这一天，老兄可亲自带两人，换了便衣在城东门一早等待，见有十几个胡人穿着丧服出城去扫墓，可暗暗跟在后面。阿兴也跟了你们一起去，他认识这伙人。"

三天后，阿兴领了王籍建到苏无名处来报告，说他们四个打扮成扫墓的人在城门口等，果然，一早，就有12个胡人浑身缟素，像是刚死了人的丧事人家亲族，手提食盒香烛出城向北邙山走去。他们四个悄悄跟在后面。这伙人到了山上一座新坟前，一般的烧纸点烛，祭祀哭拜，只是神情间一点也没有悲伤的意思，哭的几声也只是干嚎，没半滴眼泪。他们12个人围着坟团团转了几圈，仔细看了看坟上的黄土，然后坐下来大吃大喝。吃喝间说话暧昧，时不时拿眼睛瞟别人。

苏无名道："是了，正是这伙人。你们摸着他们城里的落脚点没有？"

王籍建道："这哪用苏兄吩咐，小弟知道苏兄是有的放矢，这几个人肯定有些古怪，早派人暗中将这些人的落脚点团团围住了。这坟也已派人守住。"

苏无名道："如此最好。不瞒王兄说，公主的梳妆物品失窃的消息一传出，兄弟知道接着城里一定会出现大搜查，贼人一定急于转移赃物，当时兄弟身边只有阿兴一个，就与他两人分头查看。兄弟见到的是三个大男人抬了一个女人出南门去，我跟去一看，十里之外有女人接应，我知道我弄错了。如果接的也是男人，那么这事十有八九有些蹊跷了。回来后，阿兴来跟我说，看见十几个胡人素车白马的出丧，出的是城东，只是其中没有一个是女人，可惜他们骑马乘车走得快，阿兴没追上。我与阿兴等在城门口，中午前就见他们回来。我知道他们准是在北邙山上做的墓。否则，一来不会这么快回来；二来带了棺材长途跋涉，一定怕引起疑心。现在，事情既然已查明，多半这新坟中大有古怪。王兄请即刻点起人马，连夜去挖开这坟，看看里面到底是些什么东西？"

王籍建大喜，马上点齐人马直奔北邙山。果然，扒开泥土，露出新棺材，撬开棺盖，一棺材的珠光宝气，不是公主的梳妆物品和首饰又是什么？

当夜王籍建又领人抓住了这帮盗贼。

第二天回禀皇上，武则天大喜，自是重重地赏了苏无名。

崔宣谋反案

　　武则天为女皇的时候，虽然也为老百姓做了不少好事，可是她身为一个女子，外界风言风语自然多，因此她最怕的是有人要造反。

　　这天有人来报告，说驸马崔宣要谋反。武则天的疑心病十足，马上派御史张行岌去查办。据告密的人说，崔宣要谋反的消息是崔宣的小老婆王氏听到的，崔宣一听说她要去告发，勃然大怒，就偷偷将她杀了丢在洛水里。张行岌查来查去，就是没有证据。只是找不到王氏这个人，一时不好下结论。

　　武则天是个宁可信其有的人，几次催着要张行岌结案，威胁他若不结案，就要让酷吏来俊臣来办这件事。

　　崔宣虽然身为驸马，但是谋反是要灭九族的大事，早吓了个六神无主，不知该怎么办才好，只好重金悬赏招募能提供王氏线索的人。

　　崔宣有个堂兄，名叫崔思兢，长得气宇轩昂，勇猛剽悍。他办事深谋远虑，见堂弟被人诬告，知道如果不弄明白，连自己的一家子也要受到牵累，就一面派人四处寻访王氏，一面暗暗观察崔宣家里的情况。

　　经过一段时间的观察，崔思兢发现一个情况：只要崔家屋里商量的事，不出半天，外面马上就知道。这样看来，明明是有人在向外通消息。

　　他思索再三，就定下一条计来。

　　这天，崔思兢当着众家人和门客的面与公主商量救驸马这事。

　　公主深知母亲最忌讳的就是谋反，若是罪名坐实了，崔家一家人被杀被逐不说，连丈夫崔宣的性命也一定不保，正眉头打结，提心吊胆，魂梦不安，不知道该怎么办才好。

　　崔思兢上前一揖道："公主娘娘，兄弟倒有一条好计在这里，不知使得不使得？"

　　公主道："但说无妨。"

　　崔思兢道："这事说不容易就不容易，说容易也极容易。公主若肯出三百匹绢，我就去雇一个死士来，当夜到御史监狱中去杀了那个诬告的家伙，这样一了百了。公主娘娘以为如何？"

公主吃了一惊，道："这个，这个……这事恐怕……是不是待以后慢慢商量？"

崔思兢"是是"两声，再不说下去。

他出来后，连忙来到后屋，换了一套早已准备好的粗布青衣，脚登草履，头戴一顶范阳斗笠，出了后门，远远站在御史监狱门口等着。

不到一盏茶工夫，只见一个文绉绉的读书人急急走来。

这人白净脸皮，身形瘦削，模样儿甚是深沉闲雅。

只见这人来到监狱门口，打袖筒里摸出一块银子来递给守门的，轻声轻气的也不知在说些什么。

崔思兢挨近一步细看，不是别人，正是他堂弟家的门客舒术。

他吃了一惊，心想："真是知人知面不知心，画虎画皮难画骨。我堂弟这般善待他，想不到会是这人串通了想谋害他。要不是有我今天这条计策，真是怀疑一百个人也怀疑不到他的头上去。"

正想着，舒术已进了监狱。约一顿饭工夫，这人匆匆走了。

崔思兢挨近去听，只见里面沸沸扬扬在传：说状告崔宣、被御史保护性收在监里的原告在叫，要求迅速见御史，以便得到保护，因为崔府已派死士前来杀他。

至此，崔思兢抓住了线索。

这天下午，崔思兢将舒术客客气气请到一个僻静所在，问道："请问舒先生，平日里驸马爷待先生如何？"

舒术局促不安地答道："崔爷如何有此一问？驸马爷一向待我们这些人是最好不过的。"

崔思兢骤然沉下脸来，低声喝道："驸马爷既然待你不薄，你如何要害他？"

舒术脸色一变，口吃道："小生……小生不敢。"

崔思兢霍地拔出一把尖刀来，在他脸上比了两比，道："你是要死还是要活？实话告诉你，我们崔家受冤，如不洗刷干净，迟早是一个死！你若不肯将王氏身在何处说出来，我先一刀捅了你，叫你到黄泉路上陪他。你看如何？"

舒术吓得魂飞魄散，道："崔爷……有，有话好说……小，小生领你去，去找王氏就是了……"

崔思兢也不与他多言语，由他带了来到城外一间大屋子里。果然，王氏正被人偷偷藏在那里。

王氏一出现，这案子马上迎刃而解。

神捕吕元

唐朝时，岳阳出了一个眼明手快的捕快，姓吕名元。

这人长得身长玉立，气宇轩昂，习得一身好武艺，平日里深藏不露。

岳阳自从有他这么一个捕快，治安情况有了很大的改善。

这天吕元独自一个化了装到四处走走，猛地看见一辆驴车远远赶来。车上是一具黑漆棺材，边上跟着五个三十上下年纪的汉子，看他们一身孝服，想来是孝子了。这些汉子个个身穿粗布麻衣，头戴白帽，为首一个手拿一根哭丧棒。

奇怪的是这五个人个个五大三粗，神情粗豪猛恶。

他们来到渡口，七手八脚将棺材抬下了车，打发车夫走了。

吕元挨上一步，搭讪道："几位过江吗？"

为首那个满腮虬须，根根如铁，见他来问，白了他一眼，粗声道："正是，客官也过江吗？"

吕元道："正是。敢问是哪位仙逝了？"

那人道："是我们八十岁老爹。"

吕元又道："八十是仙寿，老爹是高寿了。如此说来，五位是兄弟五个了？" 那人不耐烦道："正是。"吕元心里一动：五个人相貌没一个相同，怎么会是亲兄弟？再说，老爹八十，早不生迟不生，五十上下年纪一口气生五个儿子，不可能吧？

吕元故意跟他们拉话，又道："在下这辈子最敬重的是孝子。几位过了江，离墓地可近？有车接吗？"

一个瘦长汉子恶声道："你这人有完没完？人家丧事在身，没你这么好谈兴……"

话未说完，为首那个用手肘暗暗捅了他一下，道："人家是一番好意，三弟别不耐烦。多谢客官，过了江不多路。咱们兄弟几个自会另雇驴车。"

吕元笑道："在下对江有个熟人，正是管渡口驴车的，他手下有七八十辆车，在下去叫来一辆，也省下兄弟们几个钱。"

那人听了有些发慌，转口道："区区小事，哪敢打扰尊驾？驴车嘛，不雇也罢。反正我们兄弟几个有的是力气，绳子、抬杠又是现成的，里把路，咱们兄弟几个自会抬着去的。"

吕元冷眼观看，只见后面跟着的四个人一脸厌恶的神情。其中两个像要动手打他，另两个在劝他们。

吕元心里越发有底，又道："五位贤昆仲这么孝顺，定是令尊的那块墓地选得好。只有祖先的墓穴风水好，才会出孝子。在下等会儿也想跟了去看看，设法去买下一块。不知可否？"

那个瘦长汉子再也忍不住，叫道："你这人说话惹人厌，你是吃饱了撑的？这么个神憎鬼厌的人，居然活到这么大年纪没被人打死，倒也是一个奇迹。"

那为首的汉子连忙喝住道："三弟，怎么这样说话？"

他回过头来赔笑道："我三弟一向说话没分寸，客官别与他一般见识……咱们兄弟个个命苦，那坟山的风水着实恶，客官何必多去费神？"

吕元也不见气，只是微微一笑，有一搭没一搭地说话。不一会，渡船已到。吕元道："奔丧大事。请！"几个汉子白了他一眼，也不理他，一齐去搭绳穿杠。

为首的汉子让众渡客上了岸，自己也上岸去扶跳板。吕元故意落在后面不走。另外四个汉子吆喝一声，抬起棺材就走。

吕元等前面抬杠的两个人刚刚上岸还未下跳板，他倏的一下上前，双手扶住跳板，左手一按，右手一掀。这下用上的是巧劲，众人不防，只听见一声响，跳板已经掀翻，前面两个人已双双跌倒在地。后面两人则"噗通、噗通"全都落入水中。

那口棺材倒在岸头，啪的一声，棺材盖已开，里面滚出来的不是尸体，竟是一大堆兵器。

那为首的已跳回船上，手脚甚是麻利，拔起篙竿，伸入水中救人；一面口中大叫："郑钟两兄弟，一不做二不休，先将这个不知好歹的愣小子拾掇了！"

没落水的两人听了，也不搭话，各自拾起一把刀，直扑吕元。

吕元呵呵笑道："没有磨镜石，不揽磨镜活。咱们正好较量较量。"

　　他闪过他们劈来的两刀，一跃上岸，捡起一根花枪，使起来犹如疯风一般。那两人几刀劈不中他，其中一人反被他一枪戳在腿上，扑地倒了。

　　另一个见其余三人已上岸逃走，自己远远不是吕元的对手，也丢下刀，一溜烟逃走了。

　　吕元将这受伤的抓到官府里审问，原来是一帮江洋强盗，打算到对岸去抢一家大户，商量了在对岸聚会，怕兵器招眼，买了口棺材运过江，不料被吕元识破。

　　半个月内，众匪徒一一落网。

金手镯藏在哪儿

尽管已近傍晚，但唐都长安城内，仍是车水马龙，热闹非凡。

走在街上，一位头戴方巾、身着青衫的年轻人不禁暗叹："天子脚下，果然是块好地方啊！"

原来，他是从外省赴长安赶考的书生，名叫李成龙。现在，他正准备投奔一位远房亲戚，打算在那人家中住几天温习一下功课。

说起来，李成龙的这位远亲王连城在长安城中还是数一数二的大富豪。因此，李成龙毫不费力便打听到了他家的住处。

这会儿，李成龙已到了王府门口，但见门前两只大石狮坐镇，好不威武。李成龙求下人通报一声，不久，便出来一位管事模样的人。

他上上下下打量了李成龙一番，然后冷冷地说："跟我来。"

王连城倒也生性豪爽大方，他见了李成龙后，便要他安心住在这儿，还特意吩咐这位大管家："让人把后花园的几间客房打扫一下，那儿比较清静，适合李公子温习功课。"

于是，李成龙就在这儿住下了。不过，他总觉得这位大管家对自己好像有些成见似的，每回碰上，那不屑的目光仿佛在说：你只不过是一个来这儿吃白饭的罢了。

几天以后的一个晚上，李成龙仍在秉烛夜读。忽然，他看见窗前有个影子一闪，他还以为是自己眼花了，不加理会。但接着，他又听到了"窸窸窣窣"的声音。他赶忙吹熄了蜡烛，悄悄地打开门，只见花园那边，隐隐约约可见一线亮光。咦，这是怎么回事？

别看李成龙是个书生，他的胆子可不小呢！他打算看个究竟，便轻轻地向发出亮光的地方移动了几步。还好，凭着白天的记忆，总算绕过了障碍物。终于，他看清了，不远处亮着的是一盏放在地上的灯笼。旁边，一人正拿着包东西，往花盆里埋。由于光线太暗，他实在看不清那人的面貌，便隐身在一棵大树后。很快，那人埋完了东西，四下里张望了一阵，便提起灯笼，抱着花盆，匆匆往回走。然后，又闪进了一间厢房。这回，李成龙总算看清了，此人正是大管家！

李成龙带着满肚子的疑问，回到屋中。这大管家偷偷摸摸，在埋些什么呢？埋好后，又为什么还要抱着花盆进屋呢……想着想着，竟迷迷糊糊地睡着了。

第二天一大早，李成龙就被一阵喧闹声吵醒。

李成龙揉揉睡眼，披上衣服，推开门，就发现丫鬟小厮们正跑进跑出地忙乎着。

他疑惑地问："发生了什么事吗？"

一个丫鬟答道："李公子，今早起来，发现夫人的一副金手镯不见了！"

李成龙顿时睡意消了大半，只听丫鬟又说："这不，我们正在找呢！"

这时的院子里已乱作一团。有的说只要仔细找找肯定会有的，有的坚持一定是被偷走了，还有的主张报官。

就在此时，大管家陪着王连城走了过来。只听那大管家厉声命令："快点找，找到了重重有赏！"

接着，他又不阴不阳地说道："想来也怪，金手镯早不被盗，晚不被盗，怎么偏偏在这个时候？"

说罢，他故意用眼角瞥了一眼李成龙："李公子，你说呢？"

李成龙又岂会不明白他的言外之意——金手镯恰在来了个外人的时候被盗，重点嫌疑对象不是自己还会有谁？

他心中暗忖：既然你是恶人先告状，那我也就不客气了。

于是，他当着大伙儿的面，把他昨晚看到的情景一五一十地说了出来。

王连城听着听着，脸色逐渐变得铁青。他勉强压抑住怒火，问大管家："李公子说的可是真的？"

大管家连声说道："主人明察，奴才这几日待李公子是有些怠慢，所以李公子编了一派胡言来诬陷奴才。奴才哪会做出这种事情？"

接着，他又瞪着李成龙，道："李公子，你也是个读书人，这样随随便便冤枉好人，传出去，未免有辱斯文吧？不然，你拿出证据来啊！"

李成龙见他这副死不认账的无赖相，便毫不犹豫地领众人来到那间厢房。

可出乎意料的是，昨晚那盆花竟然已不在了！

李成龙大惊失色，王连城也开始半信半疑起来。而大管家呢，却得意洋洋地说："李公子，你的所谓的证据呢？哎呀，主人哪，您千万不要听信小人的一面之词，可要为奴才做主！奴才是清白的呀！"

李成龙又说："昨晚，我明明看到大管家把花盆放在这儿的。这……"他想了想，突然高兴起来："证据当然有，请大家随我来！"

于是，大家又跟他来到后花园。

李成龙低下头，仔细察看那几百盆花。显然，那盆花被大管家放回了花园。可是，要从它们中辨认出哪一盆是大管家藏东西的，也不容易啊！

然而，李成龙却不慌不忙地东摸摸、西看看，突然，他指着一盆花说："东西就藏在这里！"

王连城命一个家仆将花盆里的花拔出来，再挖去上层的泥土，果然，露出一团用布包着的什物。打开一看，黄澄澄的，正是那副失窃的金手镯。

大管家一看，自知再也逃脱不掉，连忙跪下认罪。

事后，大家问李成龙："你是怎么知道金手镯就在那盆花里呢？"

他微微一笑："这简单。晚上我看见大管家把花盆搬进去，如果早上他再把花搬出来的话，上面必然没有露水。而放在花园里的其他花盆上都有露水，所以，不就找出来了吗？"

好一个善于观察、勤于思考的李成龙！

隔县告状

唐朝懿宗咸通年间，江阴县有个捕头，名叫孙甫之，甚有智谋，捉盗破案很有一手。当时江阴的县令赵和也以办案出名，两人配合，破了许多积年不破的大案。

这天孙甫之有事到淮阴去，路过一个村头，见一个乡农坐在土地庙门口，一把眼泪一把鼻涕地在哭，边上一个庙祝在劝他。

他一时好奇心起，问他是怎么一回事。

原来这乡农叫庄三，与邻村的胡文龙交好。前年庄三一家有三个人生了恶病，就向胡文龙借了一百二十贯钱救急，以家里的地契作为抵押。去年他还了八十贯钱，因为是好朋友，当时就没有让胡文龙写收据；今年他又将剩下的四十贯钱去还他，打算取回地契，不料胡文龙翻脸不认，道："三哥，你我两家虽然世代交好，但是亲兄弟明算账，万事总抬不过一个理字，你几时还过我八十贯钱了？"

庄三大惊道："不是我去年八月二十五夜里送到你家的吗？你……你……"

胡文龙脸不变色道："是吗？我记得你那天倒是来过一趟，只不过是来空谈了几句，喝了我几杯茶去，什么时候见到那八十贯钱了？若是我收了你的钱，定有收据给你，你取收据来我看。"

庄三一时有口难辩，而当时借钱时白纸黑字写得明明白白，三年内如还不上钱，这地契就算是胡家的了。

庄三哭道："我只道庄胡两家世代交好，想不到他会来这一手。我已去县里告过状，县太爷因我无凭无据，反而将我乱棒赶出……若是地契一失，这些田明年起就再不是我的了，我一家老小喝西北风去？故而只想一死了之。"

孙甫之安慰了他几句，向乡邻打听凿实了，心生一计，对庄三道："庄三哥，这事虽然棘手，但也不是没有活路，兄弟教你一法，保你取回地契来。"

说着，就附着他的耳朵说了许多话。

庄三半信半疑，认为反正别无出路，也只好去试上一试。

且说胡文龙自抓住庄三的一时托熟讹赖了他的八十贯钱，县里又不准庄三告状后，心里不免扬扬得意。

这天胡文龙正坐在晒谷场上喝酒，过来了三个公差，二话不说，一上来就一根铁索将他锁了。

其中一个道："你是胡文龙吗？看不出你住在这儿冒充良民，竟敢勾结江洋大盗在江阴打家劫舍！"

胡文龙大惊，道："公爷，这话从哪里说起？小人世世代代在这村里，县门都没跨出一步，什么时候抢过人家东西了？"

这人道："谁跟你来讲废话？这两位公爷是江阴来的，特地来捉你归案，你有理到那里去说好了。"说着先查封了他的家产。

胡文龙知道跟他们说也是白搭，没奈何，只好同另外两个公差来到江阴。江阴县令赵和马上开堂审讯。

坐在他下首的正是捕头孙甫之。赵和喝道："胡文龙，本县抓到了一伙江洋大盗，他们众口一词咬定，说你胡文龙是他们的同伙，可有这事？"

胡文龙道："大人在上，小人世代种田为生，这辈子出县都只一次两次，并无此事。"

孙甫之插嘴道："这伙江洋大盗最近的一次作案也已在一年以前，看来抢来的东西销赃也销得差不多了。大人只要他报出家产的来龙去脉，小的去一查就会明白。"

赵和道："这话有理。胡文龙，你快报出你家的钱财来。若有半句不实，大刑侍候。"

胡文龙道："小人家里的钱财是笔笔有出处的：小人家里有粮食三十二石，是一家田里辛苦所得；粗布八匹，是小人老婆女儿自己织的；有地契一本，是邻村庄三的，他借了我的一百二十贯钱，这本地契是他来作抵押的；钱九十贯，其中十贯是小人家积下的，八十贯是去年庄三还给我的……"

话未说完，赵和断喝一声："且慢……庄三，你出来！"幕后转出一个人来，不是庄三又是谁？胡文龙万万想不到庄三会隔县告状，自己又急于洗刷被江洋大盗攀咬自己是同伙的罪名，老实招认了自己的八十贯钱的出处，这下见了庄三，知道事情要糟。

赵和喝道："这人你认识吗？"

胡文龙道："小人……小人认识……"

赵和道："庄三，你再将四十贯钱还他，让他将你的地契还你！"庄三连忙将四十贯钱交出，收下了自己家的地契。赵和将胡文龙痛骂一通，放了他。

处理完这件案子后，赵和与孙甫之两人不由相视而笑。

以上这条隔县告状的好计，正是孙甫之定下，赵和配合着施行的。这一招丝丝入扣，胡文龙果然上当招供。

凶器在哪儿

明朝年间，吴州乡下的一个名叫孙士新的乡农被人杀了。尸体是在小山后被发现的。

县官徐一民得报，迅速带了公差、仵作赶到出事地点。

那尸首缩成一团，躺在草堆里，身边草篓、镰刀俱在，想是割草时突然遭人袭击。

仵作钱四，是个神色木讷的瘦老头儿，平日里弓身屈背，一个酒葫芦不离手，一副畏畏葸葸的样子。惟有要他检验尸体时便来了精神，目光炯炯，虎虎有生气，就是三天两夜不合眼也不会打一个盹儿。

徐大人道："钱四，你去查来！"

钱四答应一声，走到死者边上，取出从不离身的检验家伙来，搁在地上。他手脚并用，将尸首轻轻舒平了仰卧在地；然后打开了酒葫芦的塞子，啜一大口烧酒，"呼呼"两声，将酒在尸体上喷个遍；再站直了，恭恭敬敬朝死者行了个礼，道了声"公务在身，多有得罪，佬倌莫怪"；最后才蹲下身来，解开死者衣服，上上下下，细细察看，边看边嘴里喃喃着不知说些什么。

众人远远站着，心里虽然感到好笑，却不敢笑出声来。

约过了一炷香工夫，钱四检验完毕，重为死者扣上衣服，站起来去池边净了手，回到知县跟前，双目炯炯道："禀告大人，死者是被人用镰刀砍劈致死的，全身上下共伤15处。第一刀落手最重，是从背上先下的手，然后又在胸口乱戳乱砍，致命的一刀伤在胸口。死者不是当场毙命的，因为这儿地处偏僻，没人救治，这才失血过多而死。死时是卯时，看来当时死者正在割草，先是背后中刀，仰面倒下，又被凶手连砍几刀。死者口袋里尚有钱半吊，身边有割草刀一把，草篓一只，青草两把。"

徐一民道："你怎么断定凶器就是镰刀？"

　　钱四一脸的自信道："这个小人错不了，大人放心就是。天下成型凶器凡324种，其中光刀器就有83种：砍刀，朴刀，匕首，长剑，菜刀，镰刀……伤痕各有不同。这点上，瞒不过小人。死者伤口下窄上宽，边上呈破碎状。这是三岁孩子也知道的事，必是镰刀无疑。"

　　徐大人自言自语道："如此说来，这是乡农下的手啰？"

　　钱四道："这个小人不知，小人不管这个。"

　　徐大人笑道："没问你，你可以退过一边了。"

　　钱四道了声"是"，退过一边。马上，他就像换了个人似的，一屁股坐在草地上，自顾自喝起酒来。

　　徐大人心想，杀人而连砍十几刀，这是雪恨的标志；杀人而未取走他的钱，不像是抢劫财物；凶器是镰刀，又是在这一偏僻地方下的手，凶手可能是村里的熟人。

　　他将死者的妻子叫来，屏退众人，问："你丈夫生前可曾与人有深仇大恨？"

　　这妇人哭哭啼啼道："我男人为人憨厚，小气一点是有的，可平日里从不敢得罪人，没有什么仇人。"

　　徐大人道："那么有什么人恨他没有？"

　　这妇人收住哭，想了想，道："民妇也不知道。只是早些日子，同村李二毛向我男人借钱，连借几次他都不肯，李二毛曾威胁说，同乡同村的人，这么一点情面都没有，如再不肯，他就要让他好看。想来总不会为了这么点小事杀人……"

　　徐大人叫她下去，踱着方步来到钱四面前。钱四忙站起来。

　　徐大人道："钱四，若是本县将全村镰刀收在一起，其中又有杀人用过的那把刀，你能辨认出来吗？"

　　钱四眼睛一亮，道："这个包在小人身上。只要当中有这把镰刀，小人一准能认出来。"

　　徐大人道："若是凶手已将刀洗刷干净了呢？"

　　钱四道："只要不是火里煨过，烧碱什么洗刷过，总能认出来。"

　　徐大人自言自语道："凶手一时不会想得这么周全，咱们不妨试上一试。"

　　他随即下令道："村里人凡有镰刀的马上交来，若有藏匿不交的，便是杀孙士新的凶手！"

一时间，全村的472把新旧镰刀悉数交了上来。

徐一民要人一一编号记录是属于谁家的，然后将刀交给钱四。

就两个时辰，钱四已将这刀辨认出来，一查编号，正是李二毛的。

李二毛不服，道："县太爷在上，小人冤枉，这个醉鬼酒喝得醉醺醺的，胡乱指了一把。他能拿出什么证据来？"

钱四大怒，马上将这472把镰刀拿到一处粪池边上一字排开了。这时正值初夏，粪池里飞满了青苍蝇。钱四叫人赶起苍蝇，用木板盖上粪池，苍蝇一时没处落脚，四下里乱飞，寻找可叮的东西。不一会，就有十几只苍蝇叮在一把镰刀上，而其他的镰刀上却一只也不去叮。这把镰刀正是李二毛的。

直到这时，李二毛才哑口无言。

这是因为苍蝇的嗅觉最为灵敏，李二毛杀人后虽然将镰刀洗刷过一番，肉眼已看不出来，但是还是逃不过苍蝇的嗅觉。这件案子就这样轻而易举地破了。

船上的缎被子

明朝成化年间，太湖上有一个商人被杀，尸体丢在湖里，被一个渔夫撒网拉了上来。这商人死于刀伤，胸前两刀，脖子上一刀，伤的都是要害，看来是当场毙命的。

湖州官府因为最近接连出了几件命案，都是在太湖上，一件也没有破，心里焦急，就严格限期，一定要捕快们在近几天内破案。捕快们没头苍蝇似的到处乱转，冤枉了许多百姓，自己也挨了好几顿屁股，就是破不了案。他们商量道："这几个天杀的短命强盗，好杀不杀偏在我们这里杀人，害得我们日夜不得安宁。要是赵之平这个老头子在，事情就好办多了。"

赵之平原来是湖州的老捕快。他年岁虽大，本领却十分高强，只要见到一点小小痕迹，就看得出苗头来，曾破获了许多案子。

他们商量着自己凑钱，去请出他来，帮大家一把。

赵之平在家闲住，见来访的同事们说了来意后，笑笑说："说一定打保票，小老是不敢；要帮帮忙是可以的。这样吧，你们派一个脚头勤快、嘴巴紧的十四五岁的孩子来，跟在我身边。我若见了有什么要报信的，随即叫他来报告，你们要马上赶到。如何？"

众人大喜，立即派了一名机灵勤快的、名叫阿羊的大孩子来，让他跟定老捕快，为他跑腿。

看上去老捕快赵之平也不着急，他只是一早就往湖边的茶肆酒馆里跑，边慢悠悠地品茶喝酒，边竖着耳朵听别人讲话，或与人闲扯，天南地北，狼腿扯狗腿的。阿羊很不以为然，只是捕头吩咐过他，叫他不许出声，只是冒充是老捕快的孙儿，所以他也只好闷在肚里，不出一声。

第三天，赵之平又带了阿羊在一家茶肆里喝茶。阿羊不喝茶，只要了一包向日葵子，无聊地在嗑。突然，赵之平一招手叫他过来，附着他的耳朵道："阿羊，看见那只船吗？"

阿羊抬头一看，湖面上一只船正在缓缓朝西划去，船上晾着一床被子，几个船头佬边摇船边有说有笑的。

阿羊一点头。老捕快又道："快去通知你的叔伯，多带人手，乘船去追上这条船。快！"

不用说第二句，阿羊丢了瓜子，一溜烟找众捕快去了。

众捕快得报，马上朝西赶去，也来不及自己备船，要岸边的几只民船尽力去追。

那只晾被子的船起先并未注意到，待见到十来只船同时包抄过来，正要加快摇橹，已被众船包围住。

众捕快挺刀一跃而上，喝道："过来就绑！你们没处跑了！"

这船上的船夫一脸凶相，大声喝道："公爷，你们凭什么抓人？凭什么抓人？"

捕快喝道："少废话，咱们公堂上去说话！"

船夫正待反抗，挡不住捕快人多势众。

他们一面将这船上的三个船夫绑了，一面尽力搜船，结果搜出两把尖刀和三十几两银子来。众人将这些船夫抓到衙门里，又去他们家里搜查，又搜出不少赃物来，证明杀人的正是他们一伙。于是一审而定案。

几个捕快得了赏赐，兴致很高，一齐买了酒肉来到赵之平家感谢他，并问他是怎么知道这船一定是只黑船。赵之平边喝酒，边笑着对大家说：

"说穿了原是一文不值。杀了人丢在湖中央，这不会是岸上人干的，我就怀疑很可能有黑船。所以几天来我一直在湖边观察。今天见这船上晾着一床缎面被子，被子上叮有苍蝇。我就怀疑三点：一是船家再富也不会盖缎被子；二是被子要洗，通常总是拆了洗的，而它是整床洗的，很可能是整床染上了血；第三，被子上有苍蝇，这证明是染过血的，一时哪里洗得干净？所以我断定这只一定是黑船。叫阿羊赶快回去报告。"

恶人先告状

明朝年间，长沙有个流氓，绰号叫黑皮二。这家伙生就一张黑漆脸皮，满腮浓髯，身形魁梧，手臂上肌肉结实。这天他喝醉了酒，迷迷痴痴，信脚儿走来，走到城门附近的一棵大树下，见放着一张大木板凳，一时瞌睡上来，脱光了衣裤，露出那一身觑觑黑毛，直挺挺在凳上躺了下来，转眼间呼呼入睡。

这凳子原是当地史济平借隔壁邻居的，他因一时尿急上了一趟茅厕，回来时凳子已被黑皮二占去。史济平见铁塔也似一个陌生黑汉四仰八叉地睡在自己借来的凳上，就扶着他的肩膀摇道："喂，这位大哥，醒醒！醒醒！"

黑皮二被他摇醒了，乜斜着眼睛乱晃。他睡得正香，被人闹醒，心里有气，慢条斯理坐起来，道："大老爷正睡得好，你叫魂似的叫什么？"

史济平道："这凳子是我借隔壁黄大爷的，他正等着有用，有劳大哥站起来让一让。"

黑皮二一翻他那白多黑少的眼珠，道："什么黄大爷红大爷的，这凳老子睡着便是老子的。你敢拿老子怎么样？"

史济平生气道："你这位大哥，素不相识，怎么不讲道理？这凳刚才是我借来乘凉的，怎么转眼间便是你的？"

黑皮二要无赖道："是你的？你叫得它应吗？"

史济平道："你自己听听你自己说的无赖话，偌大一个人，也不害羞？"

黑皮二一下跳起来，一把揪住史济平道："你这个狗奴才，吃了狮子心豹子胆了，竟到我黑大爷面前来撒野？今天不让你尝尝你大爷的厉害，只怕你连生辰八字都忘记了！"不由分说，拳脚交加，一阵狠打。史济平原是个瘦瘦小小的汉子，偏偏天生是个倔性子，也顾不得体面，手抓、拳打、脚踢、口咬，十八般武艺都使上了。

　　只见两人吆喝怒骂，夹着乒乒乓乓之声，打得十分热闹。路人邻居见了原想上前拆劝，有认识黑皮二的，知道这家伙是个流氓，都吓得缩在一边。这就让史济平的亏吃大了，因为两人强弱悬殊，不到半盏茶工夫，史济平已被黑皮二打翻在地，不多一会，已是只有出气没有进气了。黑皮二眼看要出人命，住了手，边走边骂道："妈的脓包货，你别装蒜，待大爷过几天再来教训你！"说着，双手一拍，拿起衣裤，扬长而去。

　　众人这才敢上前去救史济平。大家见他已被打得奄奄一息，连忙掐人中、泼冷水，舞弄了半天，这才使得他悠悠醒来。看他身子时，已浑身上下没有一块好肉。众人见黑皮二打得凶，气不打一起来，就写了一张状子去告了状。

　　长沙知府将黑皮二与史济平两人传来审讯。

　　史济平因伤势严重，是两个人抬了来的；不料黑皮二却是四个人抬着来的。

　　黑皮二一到公堂，眼睛半开半闭着，哼哼唧唧地首先开口道："大老爷明镜万里，小人昨天路过史济平家附近……见史济平在调戏一个妇女……小人不由一时心急，路见不平，上前好生相劝……不料这厮虽然身材矮小，却是世代习武，深通拳脚……小人虽然勉力招架，仍不是他对手，被他打得浑身没有一块好皮肉，伤痕累累。就这一早一晚时间里，已用去药费三两银子。郎中说幸亏小人生得壮实，尚无生命之忧。还望老爷替小的做主。"

　　知府见他赤条条的，浑身上下果然是青一块红一块，看上去着实伤得不轻，不由已经信了三分。

　　史济平见黑皮二打了人还恶人先告状，自己又伤得甚重，一时间急火攻心，双眼一翻，又昏迷过去。还是抬他来的邻居将打架的起因和缘由一一说了。

　　知府一时难断是非，只好先将仵作阿炳叫来。阿炳是个年仅二十的小伙子，年纪虽轻，却因他家祖祖辈辈干的就是仵作这一行当，从小耳濡目染，又加上熟读《洗冤集录》，经验着实丰富。他下得场来，分别让史济平和黑皮二脱光了衣服，由他掌摸、指掐、腕捏、眼看，然后请知府转入后堂，将他检验的结果一一说了。知府还信不过，亲自出来，将黑皮二和史济平两人身上的伤分别捏摸。捏摸时，史济平只是咬着牙忍疼；而黑皮二却杀猪一般尖叫不已。

　　检验完毕，知府上堂坐好了，一拍惊堂木道："大胆黑皮二，本府早听说你平日行为不端，欺压百姓，看你今日行为果然如此。你竟敢伪造伤痕来欺骗本府，该当何罪？"

黑皮二道："大人明鉴，小人明明浑身青一块红一块，大人怎么还说没伤？"

知府一指阿炳道："这个，阿炳，你去点穿了他！"

阿炳笑嘻嘻地说了两个字："榉柳。"

黑皮二立即脸色转白，低下头再不敢说。这又是怎么一回事？原来南方有一种落叶乔木，名叫榉柳，当地人多叫它为"山毛榉"或者"水青冈"。拿这树的叶子揉碎了涂在皮肤上，立即会呈现出殴伤时的青斑来；如果将这种树的树皮剥下来合在皮肤上，用火烙铁熨烫，则皮肤上留下的痕迹犹如棍捧打伤的红色一模一样。这青红两色水洗不去，模样儿挺像，只是真伤下面有瘀血块，而伪造的却没有。

黑皮二知道自己伤人过重，少不了有官司，连夜让人染上青红二色，企图来个恶人先告状，终于被阿炳一语道破天机，使他不得不服罪。

尸骨显形术

　　清朝雍正年间，饶州府乡下有个乡农，名叫王保牛。

　　这天下午，他身穿粗布麻衣，头戴白帽，从乡下赶到城里来官府告状，状告他所在的山上出了猛虎。他哥哥王大牛早上上山打柴，被老虎吃了。

　　知县施如棠听了王保牛哭诉后，道："一向不闻附近山里有老虎，怎么会咬死你哥？"

　　王保牛磕头道："大老爷有所不知，也许，这是别山窜来的过路老虎也未可知。求大老爷派猎户去打死老虎，为我阿哥报仇。"

　　施大人道："现在你哥哥的尸身在哪里？"

　　王保牛道："已被老虎撕咬得东一块西一块，血淋淋的甚是难看，小人瞧这样子实在太惨，怕吓着了嫂子，就捡一些枯柴断枝来堆着烧了。"

　　施大人道："你好不晓事，凡有人横死，都要由官府查看、仵作验尸，有了定论，方可下葬。你不但擅自做主，还毁了尸。这又怎么说？"

　　王保牛大惊，磕头道："小人是个乡下人，从没见过世面，这道理一点不懂，求大人恕小人无知之罪。"

　　施大人道："你先回家等着，有什么事随叫随到。找猎户的事，本县自会安排。"

　　王保牛谢过后，磕头回去了。

　　施大人心想："这厮口口声声自称乡下人不懂道理，我看他上堂下堂一应规矩件件在行，实在不像是一个没见过世面的人。再说，若真是啥事不懂的乡下人，老虎吃了人，只好算自己倒霉，说与村长知道，也就完了，如何又巴巴儿从乡下赶到这里来要我为他捉老虎报仇？还有，一早去打柴，也不会上了山就遇见老虎；就算上山就被老虎吃了，他做弟弟的未曾一块儿去怎么马上就得知？哥哥上山被老虎吃了，弟弟知道消息上山、找到尸体、火烧尸骨，就短短一个上午的事，为什么这么巧这么急？这里面一定有问题。"

施大人立即派捕头带人下去调查。原来王保牛家住山脚下，要找到他家还真不容易。王大牛的妻子正哭得死去活来，她哭哭啼啼告诉捕头，近些日子，大牛与保牛不和，是由争家产引起的。王保牛家有两家邻居，都不知道山上出了老虎，也都是听王保牛说起。猎户们说，近来这山里不像出老虎，若是出了老虎，一般的麋鹿等野兽早四散奔逃，可是它们生活照旧。再说，也没有发现虎粪、虎脚印。

　　捕头又奉命突然搜查了王保牛家，在后门柴堆下搜到斧头一把，上有血迹。

　　这些事向施大人禀报后，施大人说："这事只好看尹峰杰的了。你们去把尹峰杰叫来。"

　　尹峰杰是个中年仵作，人还未老，已是谢顶，一个脑门秃得光溜溜，像个剥出的鸡蛋。他见施大人叫唤，忙来报到。

　　施大人道："尹峰杰，你先查一查，看这斧头上面的血可是人血？"

　　尹峰杰奉命去查了，不到半个时辰回来禀报，千真万确，是人血。施大人大怒，下令去把王保牛抓来。王保牛先是否认这是人血，后来见仵作说果然是人血，又说："大人一口咬定说是人血，那么是谁人的血？若是没有凭证，小人死也不服。"

　　他这话说得十分狡猾，因为他自恃王大牛已被烧成灰，取不到血样，所以口气很硬。施大人吩咐将他押下去收监。为这事，施大人心里很为难。

　　尹峰杰上前道："大人，被害人的尸体现在何处？人即便死了，血还是可以验的。"

　　施大人道："尸体已被王保牛烧了，只留下些骨灰。"

　　尹峰杰道："这厮果然狡猾，不过，不知这骨灰可曾有人动过？那烧尸骨的现场还在吗？"

　　捕头道："我们已去看过，骨灰还在，现场尚未破坏。"

　　尹峰杰道："如果这样的话，尚有一法可以一试。"

　　施大人悄声问他："可有把握？"

　　尹峰杰摸着自己光秃秃的脑袋道："小人死去的老爹做过一次，小人还依稀记得，我试试看吧。"

　　施大人沉吟一会，就不辞劳苦，亲自带了一班人上山去了。

　　尹峰杰要助手取来两大篓白炭、一斗芝麻。白炭是山区特产，要多少有多少；芝麻也不是罕见的东西。不多一会，全取来了。

尹峰杰要别人走开，亲自将白炭一块块在骨灰上排列整齐。他排得又紧又密，一处不漏，然后叫人生起火来。山高风大，转眼间，火头呼呼往上蹿，甚是火红。尹峰杰叫助手端起盛芝麻的竹筐跟着他。他自己则手抓芝麻，一把一把撒向炭上，两眼一眨不眨地盯着，神情甚是专注。

众人只当他在念咒降神，都站着笑嘻嘻地看着他。芝麻撒在火上，发出"毕毕剥剥"的声音。约有三炷香的工夫，白炭才烧成了灰。这时，奇迹出现了。尸体的模样在地面上显露出来。

这是因为第一次焚尸时，人体内的脂肪溶在地面上，冷却后凝住了。现在白炭一烧，芝麻经燃烧后，油脂渗下去，与人体原先的油脂一融合，尸体的形状就显现出来了。这尸体印子上，有的地方颜色深，有的地方颜色浅。这样，伤口就显现出来了：一刀是肋下，一刀是肚脐下，一目了然。

施大人让王保牛自己来看，王保牛这才服罪。

他由于与哥哥争夺财产，杀了哥哥，然后焚尸毁迹，上报官府，企图逃避罪责。结果，还是难逃法网。

一字之差

　　清朝嘉庆年间，有一年的十一月，安徽省的各级长官接到来自宿州和寿春镇两地官员的报告，说怀远县有一帮匪徒不知立了一个什么教，集会结社，图谋造反，并附有名单173人。

　　清朝因为是外族进关，最怕的是汉人造反，对这类事十分敏感，一有风吹草动，就大加镇压。底下的官员最怕的也是这个，他的属下县城出了这类事，如不马上动手灭火，不但官位难保，只怕连自己的头都要落地。因此，道台和知府得报后，连夜亲自带兵，日夜兼程赶到怀远县，一举抓来了400多人犯。

　　当时的巡抚闻报后也大惊，但他办事比较谨慎，一面着人询问如何处理，一面将他手下最信得过的一个捕快叫来。这个捕快姓章名智定，是个40来岁的中年人，身形微胖，留着两撇髭须。巡抚见他聪明伶俐、机变百出，舍不得他去干别的，只留在自己身边，让他办些体己事儿。巡抚将他叫进书房，神色凝重地说："教众造反，这是大事，原该抓该杀；但如果不是造反，错杀了好人，一伙有400余人，也不是小事一桩。如果真的有人造反，这些教众哪会束手就擒，一下子被人活捉400多人？我之所以派老弟去走一趟，你务必懂得我的意思，弄清真相，赶紧偷偷报告我，不得有误。"

　　章智定奉命连夜启程，直奔怀远县。这事的起因他是知道的：这天夜里，几个营兵在宿州城外巡逻，见城隍庙的供桌上直挺挺躺着一个人，就上前踢了他一脚，喝道："什么人，半夜三更宿在这儿？定不是好人！"

　　这人见了兵先慌了，抖颤颤地说不出话来。营兵只当他是个偷鸡摸狗小闹闹的惯偷，就一根铁索将他锁到了都司衙门。公人在他身上搜出一张名单来。一个一字不识的文盲，口袋里装着张名单，这事甚是可疑，就问他姓甚名谁，是去干什么的。这人自称李自平，是个雇工，家住怀远城里，教头叫他按名单通知人，他因为有件棉衣当在宿州，拐道去取出来，天黑了没处可宿，就睡在城隍庙里。那审问的人一看名单有173个人，又说是教头叫他通知的，不由大惊失色，忙不迭报告了上司。

　　且说章智定来到离怀远还有两里路的地方，就下了马，牵着马慢慢地走。

他见附近有个私塾，一个五十挂零的老先生教着几个村童，就假托自己是个武举人，正打算北上应考，路过这儿讨口茶喝，闲谈中问起当地的风土人情。

这位老先生叹口气道："不瞒贵客说，今年可是咱们怀远县的大晦气年，就在这几天里，一下子平白无故被抓去了400多人，人家给他们按上了一个罪名，说是要聚众造反。这个罪名被按在头上，恐怕要死很多人呢。说到底，这可是个天大的冤枉。咱们这儿，管抬轿的轿夫头子叫'轿头'。若办红白喜事，都要用轿，许多筹备工作都是轿头操办的。这次一个姓赵的贡生，死了爹娘，准备大大操办一番，列了一个173人的亲友名单，交给轿头去通知。这轿头不知交给了哪个少不更事的混蛋，也不知这厮闯下了什么祸，被官府抓去。官府搜到了这份名单，问是怎么回事。这混蛋说是轿头让送的。官府听了只当是'教头'让送的，就以为是白莲教这类教的教头，通知众人集合，要造反，就大动了干戈。这400多人被抓，虽然会叫冤枉，可是官府如何信得过他们？贵客，这叫晦气来了推不开。这事如何得了？"

章智定听到这里，心想，巡抚的话十分有理，如果真要造反，400多个人，也不是个小数目，如何能手到擒来，一点没人反抗？当地有"轿头"确系习俗。这事要怎么样才能纠正过来？他打听到了赵贡生家的住址，就牵了马去了。章智定进了屋，取出巡抚叫他暗访的命令，道："赵爷，这虽然是个误会，但是事情已经闹大了。你也知道官府的脾性。捉到造反的人是大功一件；若说自己错将'轿头'听成了'教头'，这是无能的表现，如何肯承认？再说，这份吊唁的名单是你赵爷的笔迹，事情迟早会来，到时候赵爷恐怕真要吃不了兜着走。"

赵贡生这几天早吓得食不知味、夜不成寐，一听见他这么说，更是魂飞天外，抖颤颤道："这……这章爷……救我们一救……"说着竟然跪了下来。章智定扶起他道："恐怕解铃还需系铃人。这份吊唁人名单你处还有存根没有？"

"有，有。"

"那就麻烦你抄一份给我，或许还可以作个凭证。"

赵贡生连忙抄了一份给他。当天下午，章智定赶回怀远县，将真相告诉了知县，并与他核对了名单，果然一字不差，弄得知县也手足无措。接下来，章智定又马上赶回报告了巡抚。巡抚因章智定在这么短的时间里拿到了凭证，证明这是一件大冤案，心中大喜，重重赏了章智定。

过后，他亲自过问，提审了李自平、赵贡生及姓王的轿头，弄清了这事的来龙去脉，及时纠正了这案，将400多人都释放了。

绿毛鬼

民国时候，广州有一大户人家，主人叫朱武国，生有一个女儿，可惜年幼时一次高烧不退，以致瞎了双眼，没奈何，只好招了一个憨大做女婿。家里虽然有钱，毕竟心里存着老大一个疙瘩。

这年下半年，朱武国花大钱盖了一幢大屋。屋建成后，一家三口，连同三个男仆、两个女仆，一起住了进去。

年关将近，朱武国外出去收账，收了几千块银洋回来。这天夜里，睡到半夜时分，猛地一声响，客厅里落下三个厉鬼来。

当时朱武国及仆人都点了蜡烛出来，只见这些厉鬼个个长得红睛怒突，绿毛森森，须如猬毛，肤如蛇皮，獠牙外露，煞是怕人。他们口中哇哇大叫，手执雪亮的利刀，见了朱武国就扑上去一刀下去。

朱武国虽老，却也不是老得行动迟缓，他丢下蜡烛，没命跑出了屋子。两个厉鬼挺刀一前一后追去，终于将他砍倒在院子里，并在胸口添上两刀，自前胸直透至后背，马上两洞血水激射，朱武国一声也没有喊出，立时毙命。另一个厉鬼已踢倒房门，一刀一个将憨大女婿和瞎眼的女儿也杀了。然后，三个厉鬼将朱武国收账得来的几千块银洋悉数搬走了。

当时的几个男女仆人，只恨爹娘给他们少生了两条腿，魂飞魄散，逃得连一个影子都没有了。等家里安静下来，男女仆人才敢出来。他们探头探脑地四处转了一转，发现三个主人都已被杀死，吓得连忙去报警。

来办案的是警长周荣茂，他带的一个助手是警察钟离坎。

他们听仆人说，三人被三个厉鬼所杀，都感到不可思议，就马上在凶杀现场察看：三具尸体还倒在血泊中，神色凄惨至极；不用验尸也看得出来，他们全死于刀伤。

警长二话不说，先将五个男女仆人都抓了起来。因为大门二门都未打开，而且厉鬼不可能会有，那么，凶手就一定是仆人无疑了。五个仆人异口同声大叫冤枉。

钟离坎道："警长，这案子未必那么简单，若真是仆人杀的，他们本可以四散逃走，不来报案，等我们发觉，他们早已不知去向。何必来报案？"

警长道："你懂什么？贼喊捉贼，这是强盗小偷的惯技。你难道连这一点还不懂，亏你还来当警察。"不由分说，抓了他们五个，回警察局去了。

钟离坎负责封门。他先不封门，而是关起大门在屋里屋外搜查。他知道，厉鬼是不会有的，肯定是有人扮的。要不，厉鬼杀人何必用刀？厉鬼要银洋又做什么？既然是人扮的，那么他们是从什么地方进来的呢？据仆人说，大门二门都不开，也不曾打破，总不会飞进来吧？然而，墙壁门窗都很完好……且慢，客厅的那根粗柱子有泥迹，莫非这里有人爬过？钟离坎去背来一部长梯，架在这柱子上，爬了上去，发现屋梁上有脚印，又发现梁上有一个洞，里面好像装有机关。他伸过手去一按，"哗啦"一声轻响，屋顶马上移开，露出一个可供两个人同时进出的大窟窿。这下，厉鬼进出的门户找到了。钟离坎忙将这事报告了警长。

警长一脸的不高兴，先找了一个借口将五个仆人放了，然后命令钟离坎去打听造屋的包工头。包工头也姓钟，是个只要给钱什么都愿意干的坏蛋。警察局找到他后，又是吓唬又是诱劝，好说歹说才从他的嘴里套出来，是一个姓郑名丙华的买通他，要他造上的。他当时也知道不会有好事，只是得了钱，也就什么也不问了。警长马上带了钟离坎等人去抓郑丙华。谁知郑丙华等人已携带银洋潜逃，他们扑了一个空。警长见抓不到人，也就将这案子搁在一边，不了了之。

这天，钟离坎便衣出差到别县的乡下去办一件案子，正逢上这里在演社戏、踩高跷，街上人头攒动，锣鼓喧天，热闹非凡。几个人扮作鬼神，踩着高跷正招摇过市。

钟离坎心里一动，心想极有可能，这帮杀人越货的人身在其中，就故意挨近一个多嘴多舌的老公公面前道："这几个扮鬼的人是贵村的吗？演得不错。我们村里也想请他们。"

这老公公道："是吗？这是几个外乡人扮的，上半年才来。"

钟离坎心里有了底，突然大声发问："这里谁是郑丙华？"

几个踩高跷的猛吃一惊，目光不由自主地对准一个扮鬼的人。钟离坎冲上去，一脚踢在他的高跷上。这人砰的一声倒地，被钟离坎很利索地捆了起来。

另外几个则跳下高跷，一溜烟跑了。

不过有郑丙华就擒，不几天，另外两个人也落了网，并搜出了那些被抢走的银元。

旁证人

案子出在20世纪70年代末的上海。

这年冬天，上海下了一场好雪。下午时分，骤然间北风如刀，嗖嗖刮来，一时雪花如棉如絮，满空飞舞。

就在这么一个大雪夜，家住楼上612室的一个单身男子被人杀了。

得到报案后，刑警岳子清被派去做初步调查。

岳子清破门进室后，发现屋里一片乌烟瘴气：先是室内一只煤炉还未熄灭，若不是南边气窗开着，光这煤气就会要了室内主人的命；再是煤炉上搁着一把大大的水壶，烧到天亮，水已基本烧干，在发出"吱吱"的声音，也因为长时间的水汽蒸发，搅得室内好像是个桑拿浴室一般。

屋里的一切东西已翻了个个。这个罪犯知道不会有其他人来打扰，所以搜得很是彻底。

受害者苑丁南背上中刀，扑卧在地板上。这一刀是在他不防的时候刺的，而且一刀直插心脏，连血都流得不多。但是刀柄上没有指纹。岳子清细细寻找罪犯的脚印，发现门口的脚印已被罪犯细心擦去，在他搜索财物时穿的则是死者的鞋子。从这一点已看得出他的老奸巨猾。

光看了这一些，岳子清已暗暗叫苦，心想：这里只有一点是可以肯定的，凶手很可能是死者的熟人，不然进刀不会在后背，加上凶手是夜里进的屋，又没有撬痕，可能是屋主自己开门让他进去的。此外，就再难找到其他证据了。

以后的工作够他做的了：他得到里弄居委会和邻居去调查死者的亲戚、朋友、熟人，一个个排队摸底。这个工作虽然有效，毕竟工作量大，很不容易做。

他办完了例行的事后，就开始向邻居了解情况。

据邻居反映：苑丁南是个脾气孤僻的中年人，见了熟人也只一点头，更别说金钱、感情上与人有交往了。不过也有几个人进他屋去坐坐。因为他平日对人不太礼貌，所以邻居也懒得去管他的闲事。如果有个女的进出他的屋子，准会有人猜疑；但是去找他的人总是男人，这就没人会去注意了。

尽管如此，邻居们还是热情地排出了几个日常进他屋的男子来。只是他们大多叫不出他们的名字，只能说出这个是胖子，那个是高个。

第二天又到居委会去调查。居委会主任是位能干的大嫂，她叫来了不少人，大家一片声地提供他们认为可能对破案有用的线索。

其中有一个名叫元超的中年人提供的旁证似乎很有价值。

元超说："昨天夜里我看到一个情况，也不知对你们有没有用处？"岳子清道："请讲。"元超边骨碌碌转着眼珠，边说："昨天夜里9点左右，我看电影回来，看见对面楼电灯还亮着。我心想，冬天这么迟了还不睡，真不会享福。我无意中看了一眼，见屋里有一个人在走动。"岳子清不由得"哦"了一声。众人也"哦"了一声，竖起了耳朵。"我家是七楼，他是612，所以我看得见。"岳子清问："是个男人？""是男人，走路的样子不像是女人。""年纪大还是年纪轻的？""看他走路拿东西快手快脚的，总是个年轻人。我只道是苑丁南的朋友，也没放在心上。""你看见他的面孔没有？""不太注意，是个四方脸，戴一副黑框眼镜。""当时他正在做什么？""他走来走去，也不知在干什么。现在想来是已经在搜寻财物了。"岳子清道："平日里你常常朝他家里看吗？"元超的脸红了，分辩道："我这个人是很讲道德的，从来不去看的。只是昨天夜里他屋里电灯雪亮，屋外漆黑，所以看起来很清楚，我也是凑巧无意中看到的。"

岳子清又追问一句："这么说来，你是确实看见的啰？"

"确实。"

"如果将来要你做旁证，你不会抵赖的吧？"

"你这是什么话？我男子汉大丈夫，当着这么多人的面讲的话，哪里会抵赖？"

岳子清道："很好。这么说来，凶手一定是你了。"

元超大惊道："你……你……你怎么血口喷人？我好意来做旁证，你找不到凶手，倒来诬赖我？"

岳子清笑道："别紧张，我说你是凶手，当然自有道理。昨天是下午开始下的雪，室外气温很低，到夜间七八点钟，实际上室外气温起码在零下4～5度。被害者当时生着炉子，水蒸气很大，加上室内气温少说也有5～6

度，这么大的温差，玻璃窗上肯定会积满水汽，而你一口咬定说看得很清楚，这肯定是撒谎。除了凶手需要将我们引入歧途外，别的人用不着来这一套。"元超的脸一下子变成了死灰色。三天后，他承认人是他杀的。同时刑警也在他家里搜出了赃物。

上山脚印

20世纪80年代初，郑州市博物馆里的国家一级重点文物被盗。被盗的是两只小巧玲珑的殷商青铜鼎。这鼎目前在世界上属稀世之宝，价值连城。

市公安局得报后，马上派了一个五人小组前往侦查。小组是由曾科长领导的，他们首先进行大量细致的工作来排查，经过832人的摸底排队，发现有两个人最为可疑。这两人都是当时参加挖掘工作的临时工，一个叫臧子明，一个叫悍阿五。

臧子明短小精悍，下巴尖削，平日不多说话，可是计谋百出，极难对付；悍阿五长得魁梧高大，站着便如一座铁塔摆在地下。

公安局立即将有关他们两人的资料发到各省市，请各地协助追查。

不几日福州市公安局拍来电报，说有人在市内发现具有这一特征的两个人，估计两人打算在那里寻找走私商将文物出手，或者干脆自己偷渡到境外去。

曾科长得到消息，连夜带了小云乘飞机直奔福州。

不料到了福州后，这两人忽然失去踪影，据估计，可能上海口去了。

曾科长不辞辛苦，化了装，与小云两人一前一后，连日赶到海口。

海口公安局大力协助。经过调查，两天前，在当地长风旅馆里确实住过两个郑州口音的人，行动鬼鬼祟祟，大白天蒙头睡觉，夜间走街穿巷，不知在搞什么鬼。可惜，眼下已退掉房间，叫了一辆小面包车走了。

他们千方百计找到了这辆小面包车的司机。这司机姓乐，倒是个直肚直肠的人。他说："你们问的是一个大胖子和一个瘦猴吗？有的，有的。这两个家伙一看就知道不是好人，生意人不像生意人，旅游又不像旅游，说好到港头300元钱，可是，半路突然提出要下车，又只肯出150元。我与他们争了老半天，才添了20元。"

曾科长问："他们手里提了什么东西没有？"

司机道："就一只行李袋，鼓鼓囊囊的，别是走私吧？"

"那么，他们半路下车是上哪里去的？"

"他们是在龙田不到的地方下的车，具体上哪里去，只有鬼知道了。"

听说港头是走私商进进出出的集散地。这两个诡计多端的家伙之所以半途下车是怕被人摸了底。他们多半是上港头去的。

曾科长动身上港头去了。一到港头，先派小云去街头旅馆查询。小云找了有三个小时，正要进一家酒店，突然看见一高一矮两个人从里面出来，小云心里一阵激动，恨不得上前一手一个抓住他们。只因为他们双手空空，怕青铜鼎到不了手，才耐着性子远远盯他们的梢。

也可能是他脸上挂不住的缘故，那一阵激动，竟被狡猾多智的臧子明看在眼里了。他一捅悍阿五的腰眼，急急跳上一辆载人的残疾人车溜走了。小云十分懊丧，只怪自己实在太年轻，缺乏经验，现在打草惊蛇，万一出了事，如何向上级、向国家交代？他哭丧着脸连忙回去报告曾科长。

曾科长知道事关重大，马上向当地公安机关报告，请求协助。两个小时下来，情况已经摸到，臧、悍二人是直奔海边大丘而去的。

曾科长随即带了小云及当地公安局拨给他的五个刑警，专车直奔大丘。大丘已在半岛的顶端，面临大海，警车到时，已是下午5点。七个人除其中一人到当地政府联系外，其余人分三组分头包抄，直逼海边。

这里尽是些悬崖峭壁，一到山脚下，只见山上奇石如同刀剑森列，尖锐嶙峋。因为刚刚下过一场倾盆大雨，云气含在半山腰，一股待升不升的样子。山上几道瀑布飞珠溅玉，奔泻而下。时已近傍晚，暝色苍茫，暮烟四起。

曾科长与小云才走到山脚下，看见山路上一大一小两组脚印直通山顶。两人掏出手枪来，跟着脚印寻上去，一路上鸟道羊肠，甚是难行。来到崖顶，只见前面已没有道路，危壁如削，直下数百丈，崖下是一片浩浩荡荡的大海。

小云眼尖，一眼看见边上草堆里有一本小笔记本，捡起来一翻，上面有那么几句话：

"前面已经没有路了，做人也做到头了……"

小云一拍手，道："自杀了。岂有此理，这许多精力都白花了！"

曾科长道："慢着，走，我们下去，不要上他们的当。"

曾科长和小云同另四个人打了招呼后，顺着脚印又下山来。来到一处细草茸茸的地方，他们分散寻找。不久，听见东面传来"站住，不许动"的吆喝声，众人连忙冲过去，只见一个矮个儿正跑出来，被小云扑上去，三下五除二上了手铐；而悍阿五那个家伙却力大如牛，三个刑警才制服了他。殷商鼎藏在一处废弃的工棚里，也被找到了。

小云十分佩服道："曾科长，你是怎么看出他们没有自杀的？"

曾科长道："第一，通常这类人是不见棺材不落泪的，不会自杀；第二，重要的是两排脚印大的是前半重后半轻，小的脚印又时时被大的盖掉。这说明，很可能是这人穿小鞋上山，穿大鞋倒退着下山，就一个人装的。"

鬼屋之谜

1975年，老挝查文农村里曾出了一件怪事。当时弄得沸沸扬扬，人心浮动，人们都去求神拜佛，不思生产。政府只好要求警方调查此事。这任务落实在刑警甸邦的身上。

甸邦一到该村就立即着手进行调查。原来这村子里近来一口气建造了四幢新屋，四幢全是鬼屋，就在搬进去住的半年中，四户人家竟死了八个人。

甸邦问一位同村的老太太："请问大娘，什么叫鬼屋？干吗好好儿的新屋会变成鬼屋的？"

这位老太太道："哎呀！这位先生，讲出来真要吓死人呢。不知谁起的头，去年年底都盖起新屋来。选基动土前也不请请菩萨、拜拜祖宗，结果一搬进去就见了鬼了。晃努老头家头一家迁进新屋，第一个见鬼，第一个有人翘了辫子；后来一家接一家的，十天半个月就死一个人，你说吓不吓人？"

这么说来，四间新屋都成了鬼屋。这是偶然的吗？

甸邦先去晃努家调查。一进晃努家，就见悲悲切切的，墙上挂着三张遗像，竖着三块木主，屋角上立着一个佛龛。还未提起这事，家里人已是泪流满面。

晃努断断续续地告诉他，他家原有六口人：老俩口，儿子儿媳，一对可爱的孙儿。原住在旧木板房里，穷是穷点，但日子还是过得和和美美的。去年儿子做生意赚了几个钱，再凑上他老头子的一点积蓄，起了这幢新屋。

晃努拭着眼泪道："自从搬进新屋，就灾祸不断。家里人一个接一个地倒下去。先是老婆子；再是我儿子，可怜他才三十八呀；半个月前又死了我的小孙儿。是不是儿子做生意时作下什么孽了？菩萨啊菩萨，为什么要这样报应我们？"

他们住进新屋的当晚，小孙儿吵着要看电视，一打开，就发现屏幕上出现一个鬼影。恍恍惚惚，迷迷糊糊，有时候像女人，有时候像一个会扭动的妖怪。开始时，他们只当是电视台出了毛病，上别家去看看，好好儿的；再将电视机搬到别人家去打开，也是好好儿的。这是怎么一回事？

村里有个过去会跳神的巫婆，她说，这是他家造屋时冲撞了恶鬼，现在恶鬼缠上他家了。为了除鬼，他们已花了不少钱。驱鬼跳神，点烛烧香，什么都试了，就是不灵。每次打开电视机，这个鬼总是待在屋里不走。借一台电视机来，也是一样。老婆婆先受不了，白天黑夜，时不时的见神见鬼，有时梦里都吓得大叫起来，不出两个月就死了。

这以后全家人的神经紧张而抑郁，惶惶不可终日，去年年底又死了一家的顶梁柱——儿子。这样一来，一家子神经更为紧张，谁也不敢待在屋里。想换个房吧，旧木板房又早拆了，没处可去。媳妇吓得丢下儿女，逃回娘家去了。半个月前，小孙儿又病死了。看来，这鬼非要害死他们全家不可了。他们该怎么办？

如果事情只出在晃努一家，或许影响不会太大；问题是光这么小小一个村就有四户人家见鬼，这才闹得人心惶惶。

甸邦又走访了其他三户人家。情况也大同小异：家家户户都是电视机里出鬼影，好好儿的人平白生病，梦里常常看见有鬼出现，如此等等，不一而足。

甸邦理不出头绪来，一肚子的懊恼，回局里去了。甸邦向领导汇报了得来的情况，因为毫无线索，刑侦队长当然不会拿好脸色给他看。他憋了一肚子的闷气，蹲在厕所里抽烟。他的朋友，在局里担任法医的山朗也进来大便，问他干嘛闷闷不乐。他瓮声瓮气地将这事讲了。山朗哈哈大笑起来。

甸邦生气道："笑，笑个屁！你干法医这一行的，只会同死尸打打交道。哪有我们遇上的烦事儿多？"

山朗正色道："你别说得这么死，其实法医管尸体也管其他事。只要案子与科学有关，咱们法医多少能帮上点忙。就说你这件案子吧，别的我不知道，但是电视机上有鬼影，这很可能与放射有关。你说屋子是新造的，极有可能是砖头有问题。你去晃努家拆一块砖头来，科研所我有朋友，我帮你去化验一下。"

甸邦高兴得一下跳起来，屋也不回，直奔那"鬼屋"去了。

三天后，科研所的检测报告送来。这四户人家的砖壁全是煤渣粉压制的碳化砖，中间含有极强的放射性元素氡。

露馅的雨伞

6月的曼谷，酷热难挡。下午4点钟光景，位于闹市区的国家博物馆里却依然人如潮涌，原来，这里正在展出一尊轰动整个泰国乃至全世界的玉佛。

参观者们一进入冷气开放的展厅内，便收起了带着热气的晴雨伞。其中，有一位瘦高个的中年男子，他背着一架照相机，引起了展厅工作人员的注意。因为根据规定，在展厅内是不准拍照的。工作人员上前略带歉意地向他说明："先生，馆内不准拍照留念。"

那男子先是微微一怔，随后微笑着说："哦，没关系，我明白了。"便挤入了参观的人群中。

一小时以后，博物馆停止入场，又过了半小时，游客全都走了。

顿时，偌大的展厅显得空荡荡的。

四名工作人员和保安人员站在厅中，直喊腰酸胳膊疼。的确，这次玉佛展览，想不到竟会引起这么大的轰动，不但曼谷市民、外国观光客，甚至全国各地都有人赶来参观。每天，大厅都被挤得满满的，难怪几位讲解人员嗓子都哑了。至于负责保安的，责任当然更重大。这尊玉佛堪称举世无双的珍品，造型精美，玲珑剔透，通体散发出莹润的光泽，的确是国宝啊。据可靠消息，国内外几个大的走私集团都在打它的主意，所以有关部门特意在大厅中安排了四名便衣保安混在人群中，以便随时揪住那些可疑者。

忽然，有位女工作人员谈起了下午那位背照相机的男子，她略带羡慕地说："其实，引起我注意的，倒不是照相机，而是他手中那把晴雨伞，好像特别大些，而且就是杂志上介绍的那种欧洲最新流行款式。"

一位保安人员打断了她的话："这有什么可稀奇的，还是让我们检查一下大厅吧。"

今天距闭展只有一天了，应该不会有事吧，他们看了一下四周，确定没有参观者滞留在这儿，便关上门，回家去了。

可是，谁都没有料到，就在他们走远后，大厅里突然又冒出个人来。他，就是刚才那位背着相机，打把晴雨伞的中年男子。只见他从帷幕后面探出头来，瞧瞧没有动静了，便放心地爬了出来。

大厅里好像有些暗，他刷地拉开相机套子，从里边拿出把小手电筒，来到佛像前。

只见他得意地冲着那尊玉佛笑了两声，又从晴雨伞的伞柄中抽出一样东西，再把它翻开。好家伙，原来是一架特制的折叠式钢梯！佛像原本是放在离地2.5米高的玻璃橱中，上面配有警报器。可是，警报系统的密码早已泄露出去了。因此这个男子沿着钢梯上去后，毫不费力地便打开玻璃橱取出了玉佛。然后，他又从肩上的相机套子里拿出另一尊几乎完全一样的玉佛(无疑，这是赝品)，再把它放进橱中。原来，他的相机套子里根本没装相机，而是另有妙用！

做完这一切后，他爬下来，收起钢梯，放回伞中，仍躲到帷幕后，待明天再混出去！

第二天一早，就有不少参观者等在博物馆门口。今天下雨，天气可凉快多了，再加上又是展览的最后一天，所以参观者比起往日，只多不少。

大门一开，众人就涌了进去。只是，彼此带的雨伞湿漉漉的，擦在身上，有些难受。

"天助我也。"听到参观者络绎不绝，那个男子便从帷幕后钻出来了。他看到人们都挤过去看他的赝品，不禁暗自得意。而且，更令他高兴的还是把玉佛交给老板后就可得到10万美元的酬金，想不到，这10万美元竟会这么好赚！

他几乎成功了。可就在他跨出大厅，撑开雨伞之时，肩上猛然被人一拍，"谁？"他吃了一惊。

拍他的正是一位便衣保安，只听他说："对不起，先生，请你跟我走一趟。"

难道自己昨晚的行踪被人发现了？那个男子脑筋一转，不，绝对不可能！于是，他便装出一副无辜的样子："先生，为什么让我跟你走一趟？"

保安冷笑一声，说道："你昨晚躲在大厅里干什么？"

中年男子这下慌了，他把伞一丢，拔腿想跑，可保安人员早料到他会有这一手，马上就把他拉住，这时，另一位保安也上来帮忙，于是，那男子被扭着带到了偏厅的办公室。

　　保安人员从他的相机套子里搜出了那尊玉佛，然后自言自语道："哦？原来他真的偷了玉佛？"

　　那中年男子一听，猛然跳了起来："什么？难道你只是瞎猜的？"

　　若真是被他瞎蒙蒙上的，那自己这回输得岂不太冤了吗？

　　"你别急，听我说。昨天，我就看到你了，只是后来一不留神被你溜走了，今天你又在这儿出现，我当然留神了。难道你真的这么喜爱玉佛，一天来看它一次？于是，我又多看了你几眼，不过，你大概还陶醉在得手的喜悦中吧？我看到你的雨伞，今早下雨，但你的伞却是干的，可见，你昨晚就留在大厅。留在大厅里，除了对玉佛下手外，怕是不会有其他目的了吧？……"

　　窃贼听了，面如土色，仿佛已坠入无底深渊。一切都完了，现在，等待自己的不再是10万美金，而将是漫长的铁窗生涯。

吸血魔鬼

印度塔尔沙漠中有座古堡，不管谁在古堡中留宿，都难逃一死。夜间在古堡里的凶手是谁？使用的又是什么凶器？至今无从知晓。但奇怪的是，死者身上竟找不到任何外伤的痕迹，警察对古堡里屡屡发生的凶杀案束手无策。人们只要一谈到古堡，就毛骨悚然。

世界上偏有大胆的人。美国探险家乔治就不信这一套，他带着一支十几人的队伍住进了古堡，才两个晚上，就横尸遍野。

为此，印度警方发出悬赏布告：凡能破古堡谜案者，奖金一万卢比！但是，没有人敢轻易重蹈乔治的覆辙。直到一年后的一天，才有人揭下了悬赏告示。

那是个衣衫褴褛、头发胡须花白的老头。警察局长一见连连摇头。老头自称来自英国，叫毕德莱克，他说："局长先生，不管发生什么事，都和您无关！"

望着老头固执和自信的样子，警察局长只好答应。老头刚一出门，他就派刑侦科长悄悄跟着，以防不测。

毕德莱克离开警察局，立即去买了一只大铁箱子和一张渔网，又去一个耍猴人那儿买了只猴子。

难道铁箱、渔网、猴子可以破案，刑侦科长百思不得其解，并立即报告了警察局长。

那个夜晚，古堡四周风声四起，浓重的夜色中古堡像只怪兽，阴森恐怖。偶尔，可以听见一两声不知是兽还是鬼的怪叫，凄厉而忧伤。黑洞洞的古堡里，不时闪出几丝火光……

这时，一辆马车由远而近驶来，马蹄声划破了沙漠的沉寂。正是毕德莱克，他驾着马车驶至古堡，一翻身从车上跳下，敏捷的身手使你无法相信他是个老人。毕德莱克拖着铁箱和渔网，牵着猴子冲进古堡。

大厅里伸手不见五指，打开手电，可以望见砖墙早已风化剥蚀，到处是蜘蛛网，遍地是骷髅和白骨。

毕德莱克小心翼翼地绕过白骨，把铁箱放在墙根，然后从怀里取出瓶红色药水，将药水洒在猴子头上，又把猴子赶进渔网。

做完这一切，他打开铁箱，闪身藏在里面，并把箱盖掀开一条缝，而手里紧紧攥着网绳。

月光从古堡的窗户投射进来，地上白花花一片，毕德莱克从缝隙里望着满地白骨，不由得打了个寒战。

时间一分一秒地溜过，大厅里依旧死一般的沉寂。蹲在铁箱里的毕德莱克困乏得几乎要支撑不住了，但他还是紧咬牙关，睁大眼睛，期待着那一幕的出现。

果然，从古堡的阴暗角落传来一声怪异的啼叫，叫声在四周回荡。毕德莱克能感觉到自己出了一身冷汗，汗水把衣服黏在了脊背上。叫声过后，便有一阵"扑啦啦"的响动，毕德莱克心头一惊，他盼望的东西终于来了。他屏住呼吸，头顶上的铁箱盖仿佛没了重量，他只是死死抓着网绳，等待着……

突然，一团巨大的黑影从天而降，像把利剑刺向网中的猴子；猴子也猛然惊醒，挥动四肢，在网中上蹿下跳，一阵阵绝望的鸣叫撕心裂肺。

毕德莱克顾不得眨眼，他用力顶开箱盖，轰然站起，飞快地收紧手中的网绳。那团黑影也被罩在网里，它徒然地扑腾着，在做着最后的挣扎。那张大网收缩收缩，最后缩成了一团，裹住了猴子的尸体和黑影。

过了一会儿，毕德莱克确信网中的黑影失去了知觉，才敢打开手电，从铁箱里跨出来，小心翼翼地靠近它。

第二天早晨，在外面守候了一夜的刑侦科长见毕德莱克整夜没有出来，便长叹一口气，认定他死了，就准备向警察局长报告。可他刚迈出两步，就听见身后有人喊他，回头瞅瞅，竟是毕德莱克。

刑侦科长满脸惊奇，拦住毕德莱克，问他在古堡里发现什么了。毕德莱克指了指铁箱子，故作神秘地压低嗓子说："我昨晚抓住一个吸血魔鬼，就在里面！"刑侦科长望着铁箱，吓得倒退了几步。

很快，铁箱便被搬回城里，放在了警察局的大厅里。得知消息的人们纷纷围过来，并给毕德莱克让开了一片地方。毕德莱克打开箱子，揭开了塔尔沙漠近百年的谜案。

　　铁箱里躺着一只形象奇特的大蝙蝠。它的身体呈暗红色，长着一对大翅膀，最吓人的是它那好像钢针一样的嘴。此刻，它已被涂在猴子头上的那种红药水麻痹了神经，一动不动地趴在箱底。

　　谁也没见过这种怪物，毕德莱克告诉大家，它就是凶手，凶器就是像钢针一样的嘴，刺入人和动物的脑袋，专吸脑汁，所以难以找到外伤。

　　塔尔沙漠的古堡谜案终于真相大白。

巧设计智判烟斗

第一阵秋风刮起以后，圣彼得堡的每一条大街小巷都铺满了金黄的落叶。天气变了，人们的生活节奏也发生了变化，大家再也不慢吞吞地徜徉在林荫道下，都加快脚步，匆匆奔向目的地去。在一条小巷的巷口，刚刚出去的一位瘦瘦小小的老头，突然又折回头来。他满脸焦急，一双眼珠在眼眶里滴溜溜转动，满地找着什么东西，嘴里还自言自语着，可惜谁也不会去注意他究竟在说些什么。

刚过了一会儿，满巷子的人却突然一齐拥向巷子的另一头。原来，刚才那位小老头，正扭住一位高高的中年汉子，说那人手里的一只烟斗，是他刚才失落在巷子里的，应该物归原主；而那中年汉子却一把捏住烟斗不放，声称这烟斗属于自己。两个人一言不合，当场大吵大闹起来。

满巷子挤上了围观的人，听了这两人的吵闹，围观者立刻分成两派，不少人还火上添油地挑拨起来，逗得那小老头一把扭住高个子的胸脯。"好！揍他！"人群里轰然响起喝彩声，他们正希望事情更加激化起来呢。幸好这时候来了一位巡警，他驱散了围观的人，也不管两个人怎么分辩，统统把他们带上了法院，那里才是解决两人纠纷的地方。

谢苗诺夫法官处理这类纠纷的第一个原则是先让原告和被告充分说话。只有让他们说多了，自己才可以从中找出矛盾的焦点、解决问题的关键。

小老头早已按捺不住，第一个抢着说："大人，那只烟斗是我父亲的遗物，我们两代人用了它二十多年了。今天我急急忙忙赶回家，把它失落在巷子里。刚才我回头寻找的时候，他正捡起来，得意地瞧着呢。大人，烟斗是我的命根子，您一定要判给我才对。"

"笑话！"中年汉子从鼻子里哼了一声，"这烟斗是一个星期前我从地摊上买来的旧货。它是那么的精致，工艺又好，一个星期以来我从不离身。他却要把我心爱之物生生地抢去。大人，我看非好好教训教训这见钱眼开的无赖老儿不可。"

谢苗诺夫法官仔细听着两人的争吵，觉得这两个人说的话都无法找出破绽来。便把巡警送来的烟斗拿到眼前细细观察起来，想从它身上找到一点线索。

真是个好烟斗。乌黑的硬木不仅雕刻细腻，还镶嵌着银丝组成的图案。看来确实有些年头了，而且价值不会低。难怪这两位都把它当宝贝似的，一定要争到手呢。

这烟斗究竟是谁的？谢苗诺夫觉得一定要想办法让他们在意外中失去警惕，那时候才能分辨出真假来。

法官略沉思了一会儿，忽然让两个还在争论的当事人都停下。"我看，你们说的都有理，又都不可靠，都是因为这只烟斗太好了，看来只有我出钱买下它，你们才不会你争我夺地吵个不停了。"

听说法官想把烟斗据为己有，小老头第一个喊起来："那是我父亲的遗物，大人您可不能拿走。"高个子也接着叫道："大人您不能夺人所爱，抢了我的烟斗。"

听他们两个又叫又嚷，法官不禁生起气来。他把桌子一拍："到了法庭上你们还敢大吵大嚷？本法官是为了解决你们的纠纷，哪里是贪那个烟斗？"停了一停，他又放缓语气，"我看在你们都珍爱烟斗的份上，今天就允许你们当庭各抽三斗烟，抽完后，各拿10个卢布出庭去吧。"

看到法官生气了，两个人都吓得不敢再做声。小老头满脸的委屈，接过烟斗，果真当庭吸起烟来。一斗烟抽完，该倒烟灰了，他从衣袋里取出一根铁扦，挑出烟灰，又装上了第二斗烟。等三斗烟抽完，才恋恋不舍地把烟斗送还法官。这时候，他的眼眶里噙满眼泪，几乎要哭出声来。

该轮到大个子了，他也跟小老头一样，很不情愿地开始抽第一斗烟。倒烟灰时，他先狠狠吹了一口气，烟灰飞扬起来，溅进了他的眼里。大个子气恼地把烟斗往地上猛敲，敲了好几下，才把烟灰倒空。

等大个子把第三斗烟也抽完了。法官才笑眯眯地对小老头说："这烟斗确实是你的，你拿了回家去吧。"一旁的大个子刚喊了一声"冤枉"，谢苗诺夫立即大声地呵斥起来："刚才你们抽烟的情况大家都看得清清楚楚。这么精致的烟斗，你居然狠狠地往地上敲打，刚才你口口声声说这烟斗是你的心爱之物，你是这样珍惜它的吗？"

大个子听了，立刻明白自己中了法官的圈套，只得低头认错。谢苗诺夫又劝他："看起来，你并不是个笨蛋，可是，聪明和口才一定要用在正当的地方才对。"

谢苗诺夫只是略施小计，便巧妙地判完了案子，替老头争回了自己的财产。聪明人的办法总能让人惊叹不已。

男爵饿死

　　大约在18世纪，英国的一位男爵观看了印度瑜伽功的表演，不禁大为惊叹，他很快成了瑜伽功的热心者，并发誓一定要学会这种本领。

　　男爵花了很多钱修建了一座健身房，决心用一个礼拜的时间，独自在里面练功，为了避免受到外界的干扰，他还给自己准备了充分的食物和水。在进健身房之前，男爵板着脸对平日话很多的夫人琳达说："就是天塌了，也别进来吵我！"

　　琳达夫人对这种来自东方的瑜伽功一直持有怀疑态度，她曾数次阻止过男爵练功，但这一回，见丈夫下如此大的决心，她也不好再讲什么了。

　　一个星期过去了，男爵还没出来，直到第八天，琳达开始感到有些不安。

　　琳达轻轻敲敲健身房的门，没人回答。她再将耳朵贴到门上听听，里面是死一样的寂静。琳达急了，大声喊起男爵的名字，可依旧毫无反应。琳达赶忙拿出钥匙打开门，按亮开关，她看见男爵躺在床上，睁着一双恐惧的眼睛，不知什么时候停止了呼吸。琳达迅速报了警。

　　时间不长，警察们都赶来了，经警方的法医鉴定，男爵是练功时走火入魔，不能动弹才死的。

　　"无稽之谈，纯属无稽之谈！"对任何神秘事情都感兴趣的探长埃尔听说这事之后，便肯定地说。他决定去健身房，为了方便破案，埃尔根本没有通知琳达夫人。

　　夜深了，埃尔换上便服，悄悄来到男爵的庄园。黑暗中，健身房像只怪兽蹲在那儿。埃尔推推门，门没锁。屋里很黑，伸手不见五指，埃尔摸着墙根，小心翼翼地往里挪动。拐了一个弯，就到了里屋，里屋就是男爵练功的地方。一缕月光从天窗投射下来，能够让人把屋里的摆设看个大概。

　　床依然放在原来的地方，四周没有任何家具。床上的被子零落地堆在那儿，好像一个人在赶时间上班，根本没有收拾床铺一样。

埃尔又朝前走了两步，突然，有一个东西把他绊倒在地。埃尔的膝盖摔痛了，但他不敢发出声音，怕惊动了琳达夫人和邻居们。埃尔坐起身，发现自己是被一小段卷起的地毯绊倒的。他抬头看看天窗，再瞅瞅地毯，注意到一只床腿旁边的地毯毛被压倒一块，另一条床腿也是如此。

难道床被人移动过？埃尔百思不得其解。

次日，埃尔去找了男爵的医生，他向医生出示了私家侦探的证件。

"请问，男爵的身体平时还好吗？"埃尔问道。

医生不假思索地回答道："他平时比牛还壮实！"

"那心理状况呢？"

医生迟疑了片刻，面露难色。

埃尔说："你知道吗，我对男爵的死有怀疑！"

医生叹了口气，说："男爵小时候，亲眼看见母亲跳楼自杀，所以他不能从高处朝下看，否则老是联想到那个场景。"

埃尔的眉毛一扬，问道："还有谁知道这个秘密。"

"琳达夫人！"

埃尔马上去了警察局，说男爵是被琳达夫人害死的，他并且带着警察来到健身房做了个实验。

警察们都弄不懂埃尔葫芦里卖的什么药，看着埃尔爬上屋顶，从天窗垂下了四根带钩子的绳子。

那四只钩子轻轻地挂住了床腿，埃尔用手拽拽，十分牢固，他再一用劲，固定绳子的几个小滑轮转了起来，大床慢慢地被吊在半空，停住不动了。

站在下面的一个警察大声喊道："埃尔探长，你把床吊起来干什么？"

埃尔说："你们问问琳达夫人就知道了！"

在众人的注视下，琳达夫人脸色苍白，嘴唇翕动。

过了一会儿，埃尔从屋顶上下来了，平静地对警察说："难道你们还不明白吗？男爵患有恐高症，当他醒来时，发现自己吊在半空，立即受到强烈的刺激，以至于四肢瘫软，他大声呼喊，可谁也听不到，最后只能活活饿死。"

话刚说完，男爵夫人瘫倒在地，她怎么也想不到这万无一失的谋杀竟被埃尔识破了。